小学館文庫

引越し侍

新居の秘剣

鈴峯紅也

小学館

目次

第一章　作事方庭作　7
第二章　賭場騒乱　58
第三章　老中来駕　103
第四章　名店奈々井　162
第五章　紫陽花　222

引越し侍　新居の秘剣

第一章　作事方庭作

一

盛夏五月が近くなると、江戸の夜明けはどんどん早くなる。しかも陽光は朝っぱらから強い。

その朝、三左《さんざ》は障子越しにもかかわらず、痛みにも似た陽の光を顔に感じてゆっくりと目を開けた。不快な寝覚めであった。

「おっ。いてて」

無造作に起き上がってこめかみを押さえる。

不快な朝は、陽光のせいばかりではないとすぐわかった。顔が腫《は》れ上がっているように感じるし、胃の腑《ふ》はむかつくし、こめかみだけでなく頭全体がやけに重い。

ようするに二日酔いである。自他共に酒には強いと認めるところだが、どこで呑《の》んだかは知らないが、きっとそら恐ろしくなるほど呑んだのだろう。

それに――。

「……どこだ？　ここは」

布団は馴染《なじ》んだ物であったが、まず畳の臭《にお》いが違った。寝惚《ねぼ》け眼《まなこ》を左右に走らせれば部屋の造作《ぞうさく》にも違和感があった。おそらく自分の居室ではない。

おもむろに、もう一度布団に顔を近づける。それだけは間違いなく自分の物である。

――殿。梅雨《つゆ》も近《ちこ》うございます。そろそろ万年床も天陽《てんぴ》に干さねば黴《かび》が生えますぞ。

まあ、すでに手遅れかも知れませんが。

などと内藤《ないとう》家の小者《こもの》のくせに用人面《ようにんづら》する嘉平《かへい》にいわれたことを思い出す。当主がなんで自《みずか》らの手で布団を干さねばならないのかと憤《いきどお》り、かえってなにがなんでも万年床のままにした布団だ。嘉平にいわせれば、日々せめてたたむくらいするなら干してもさしあげましょうがと、そういうことらしい。

「……やっぱり、干すか」

布団は染み込んだ三左の臭いとともに、少々黴臭かった。

それにしても見知らぬ座敷に寝て自分の布団であるとは面妖である。実はまだ深夜で狐狸《こり》妖怪のたぐいに化かされたのかとまで考え、

「おっ」

突如として三左は手を打ち、

「いてて」

またその衝撃にこめかみを押さえた。

わけもわからぬうちに引越したことを思い出したのである。

「そうだった。ここぁ、本所じゃねえんだった」

内藤三左衛門《さんざえもん》成宗《なりむね》、通称三左の元々の住まいは本所南《みなみ》割下水《わりげすい》の掘留であった。身分は、さかのぼれば東照大権現《とうしょうだいごんげん》徳川家康《とくがわいえやす》にまで辿《たど》り着く上々等の家柄にして今は蔵米百俵に甘んじる、江戸には掃いて捨てるほどいる貧乏旗本だ。本所では老いてなお破天荒な祖父次郎右衛門《じろうえもん》と、小者のくせに主《あるじ》三左のいうことなどまったく聞かない嘉平と、男ばかり三人で住み暮らしていた。

ちなみに、逆らうのも面倒であり結果として不自由もするから異は唱えないが、内藤家の序列が次郎右衛門、嘉平、そして、当主でありながら三左の順であることは、出入りの面々だけがわきまえるところの暗黙の了解である。

それがひょんなことから老中首座、松平定信《まつだいらさだのぶ》の暗殺事件にかかわり、それを未然に防ぐこととなった。防いでみればなんと、若い時分の定信は三左の祖父、次郎右衛門の門弟であったことが知れた。

――浮世《うきよ》を広くご覧になって頂きたい。人は清貧にのみ、汚濁《おじょく》にのみ生きるにあらず。その中庸《ちゅうよう》にこそ本来の、今日を生き明日を夢見る、人の暮らしがあると存ずる。

去り際《ぎわ》に放った三左のひと言が気に入ったか気に障《さわ》ったか、なんにしても白河藩《しらかわ》の中屋敷に呼ばれ、定信に加役足高《たしだか》百俵は破格だぞなどと胸を張られて押しつけられた。

――儂《わし》にあれだけの啖呵《たんか》を切ったのだ。吐いた唾《つば》の分は、おぬしにもその清濁を味わってもらおうと思ってな。

それが、明屋敷番《あけやしきばん》である。

――明屋敷は漬け物樽《だる》も同じ。時が過ぎれば臭いが立つ。腐臭あるときは勝手にな、我慢できぬほどに立ち上ってくるわ。

わかったような、わからぬような話であった。

が、とにかく――。

そんなこんなで、三左は夕べから慣れ親しんだ本所を離れ、明屋敷番として浅草上《かみ》平右衛門町《へいえもんちょう》のとある屋敷の住人であった。


「そうだった。そうだった」

三左は布団からごそごそと這《は》い出した。

日本橋蛎殻町《かきがらちょう》の定信の屋敷から押っ取り刀で本所の自宅に走れば、祖父次郎右衛門が勝手に決めた段取りに従って引越しが敢行され、知らぬ間にもぬけの殻であった。

で、屋敷から上平右衛門町に向かってみれば、これも知らぬ間に新たな住まいでは馴染みの者も新たな隣人らもごちゃ混ぜの大宴会だった。

誰の屋敷だと思ってんだと頭に来て、それで呑んだ。たらふく呑んだ。一升二升。思い出せるのはそこまでだ。

「へっ。てえことは、冗談でも悪い夢でもねえや」

ひいては、狐狸妖怪のたぐいに化かされたわけでもない。

が――。

障子を引き開け、帯のような朝陽が降り注ぐ庭を見て、三左は固まった。

前日はすでに人の見分けもつかぬ黄昏《たそがれ》時だったこともあり、なし崩しに宴会に紛《まぎ》れ込んでしまったからわからなかったが、新たな屋敷の庭は広大であった。本所の屋敷も家格からか、食禄百俵にして拝領屋敷は三百五十坪と広かった。だから、かつてどこぞの道場主でもあった次郎右衛門の門弟が勝手に道場を建てたほどだ。

新たな屋敷はおそらく、本所の屋敷よりも広いだろう。およそ五百坪はあるに違いない。

だが、三左を固まらせたのは別段、その広さではなかった。

「な、なんだ。こりゃ」

美しさである。散らばるように配置されてつながる白砂は、水の流れと池か湖か。

真正面の築山《つきやま》はやや低めだが、代わりに唐渡《からわた》りの盆栽を大きくしたような重厚な枝振りの松を頂《いただき》に備えて堂々としている。その根元回りで目にも鮮やかに萌え立つ朱は薊《あざみ》であり、白砂の周りに囲みを作るのは花菖蒲《はなしょうぶ》だろう。その他、芝生のそここに桜や藤の、枝振りのよい樹木が根を張り、真下には自生とおぼしき菊や躑躅《つつじ》や酢漿草《かたばみ》、紫陽花《あじさい》などの群生があった。

それにしても、自生とおぼしきとはおそらくそう見えるだけで、どれも粗放では有り得ないに違いない。樹木は枝を広げて雄々しく立ち、守られるようにして根方に花々は安心して咲くようである。

男女、はたまた親子というかなんというか。とにかく、感じるのは泣きたいほどに艶《あで》やかな命の営みであるか。

組み合わせの妙、配置の絶妙。

なんという――。

新居の庭は、心得のない素人《しろうと》の三左から見ても、息を吞んで固まるほどに見事な枯山水の作庭であった。

「やっぱりこりゃ、いいたかねえが狐狸妖怪のたぐいが――」

「お目覚めですかな」

呟《つぶや》きをさえぎって慇懃《いんぎん》無礼な声がかかった。慇懃無礼というだけで誰かはわかる。

三左は重い頭を左手に振り向けた。

自ら内藤家の用人を任じてはばからない小者の嘉平が、湯気立つ茶碗を載せた盆を持って膝《ひざ》をついていた。

「お目覚めっていやぁお目覚めだが、最低だ」

嘉平の生国《しょうごく》もなにも三左は知らない。次郎右衛門が若い頃にどこぞで拾ってきた男だという。三左が物心ついた頃には、すでに次郎右衛門の傍《かたわ》らにいた。諸事万端をそつなくこなす、得難い男である。立ち合ったことはないが、次郎右衛門が認めるほどに腕も立つ。そして何度ご隠居《いんきょ》と呼べと三左がいっても、平然とした顔で次郎右衛門を大殿と呼んであがめる男である。胡麻塩《ごましお》頭を綺麗《きれい》に結い上げ、今年で五十になるという。

「当然でございましょうな。あれだけ呑まれれば」

「……てことは、お前《め》ぇは俺がどれだけ呑んだか知ってるのか」

「はい。およそのところは」

「どれほどだい」

「まずは三升半」

「三升半、ね」

呑んだものだと三左の口から溜《た》め息《いき》が洩《も》れる。

「ん？　まずはってことは」

「そのあと殿は両肌《もろはだ》脱ぎになって裸踊りを。見るに堪えませんでしたので失礼をば。それからの酒量は存じません」

「……なるほど」

　先より深い溜め息をつくと、

「二日酔いにはこれがよろしいかと」

と、嘉平が盆の上の茶碗を差し出した。湯気に香るのは梅と紫蘇《しそ》だ。覗《のぞ》けば大粒の梅がひとつ入っていた。

　三左はいぶかしげに茶碗と嘉平を交互に見た。ついでに上目遣いに空も見る。よく晴れていた。不可思議だ。

「いかがなされましたかな」

「いや。珍しいこともあるもんだと思ってな。雨でも降るんじゃねえかと」

　普段から嘉平と、少なくとも三左に対する忠義、甲斐甲斐《かいがい》しさという言葉は無縁だ。寝坊をすれば朝飯は出ない。それに文句をいえば朝夕関係なく三日は出ない。嘉平とは、そういう男である。

「ああ。そういうことで」

　ふっと嘉平が笑った。片方の口元だけで。

「まあ、夕べの馬鹿さ加減と今朝の寝坊には本来ならひと言ございますが、この梅湯まではお祝いということで、ひとまとめに見て見ぬ振りということに」

「お祝い？　へっ？」

わからない。

「加役とはいえ、ご加増ですからな」

嘉平は盆を置いて三左の前に手を支《つか》えた。

「たかだかのお役と、倍増といえば聞こえはよろしいが、たかだか百俵のご加増。とりあえずおめでとうございます」

平伏は一分の隙《すき》もない見事なものだが、言葉の内容に言祝《ことほ》ぎは聞こえない。

返す言葉もなく憮然《ぶぜん》として、三左は茶碗を取り上げた。

「たかだかでもよ。これ一杯が百俵分かと思えば、高《たけ》ぇ湯だな」

「出してもらえるだけましじゃろうが。ぶつぶついうな」

頭の芯に響く声が表方に向かう廊下の辺りからした。

小柄にして還暦をふたつも過ぎているにもかかわらず、同年代にはあり得ぬほどの生気を横溢《おういつ》させ矍鑠《かくしゃく》とした老爺《ろうや》。

己の湯飲みを持って寄り来るこの老爺が、三左を差し置いて誰もが内藤家の主と認める、次郎右衛門成重《なりしげ》であった。

次郎右衛門は、とにかく破天荒に生きてきた老爺である。内藤家は代々当主が三左衛門の名を継ぐ。次郎右衛門も当主の頃は三左衛門であった。老いてからの次郎右衛門は自らの名乗りだが、どこからとったかといえば小野《おの》次郎右衛門忠明《ただあき》からである。内藤家は血脈の先にたしかに小野次郎右衛門を持つが、それにしても一刀流《いっとうりゅう》開祖、剣聖の名である。それを堂々と名乗ってはばからないところからも、内藤次郎右衛門のひととなりも剣の腕も推《お》して知るべしである。

若い頃には主を追い出す形で日本橋蛎殻町に一刀流の道場を構えていたらしい。老中松平定信と師弟であったというのはその頃だろう。飽きたといって五年ばかりで蛎殻町の道場はたたんだというが、本所の屋敷にはその名残《なごり》として、門弟有志が勝手に建てたという道場があった。

その後、道場は賭場《とば》に様変わりした。次郎右衛門が連れてきた浅草の口入れ屋にして御用聞きの、仏《ほとけ》の伝蔵《でんぞう》が仕切る賭場であった。本人は嫌々らしいが、若かりし頃に次郎右衛門に道端で叩きのめされてから頭が上がらないという。所場代は主であるから三左も手にするが、雀《すずめ》の涙だ。上がりの大半は次郎右衛門の懐《ふところ》に入る。

文句をいえば、それでおぬしらを育てたのじゃ、文句をいわれる筋合いはないと次郎右衛門は胸を張る。

三左の両親はどちらもすでにこの世にない。姉は二人いるがどちらも嫁ぎ、残るは三左一人だ。その三人を立派に育てた儂《わし》の苦労をと嘘泣きが始まれば、嘘とわかってもさすがに三左はなにもいえない。

なにもいえないとわかっているからか、当主は三左でありながら後見として食禄百俵の差配も譲らない。嘉平預けだ。

――おぬしに渡したら、無駄に消えてゆくだけじゃろうが。

まあ、そのとおりである。

――そもそも百俵など、三人で食える家禄ではない。

それもそのとおり。

――おこぼれに頼るでない。

聞いた後では、百俵などそれ全体がおこぼれのようなもの。

――自分の分は自分で稼げ。それが貧乏旗本の宿命じゃ。

と、いつもこうなってぐうの音《ね》も出ない。で、稼ぐ気にはなるのだが、

――殿は日頃から狙うもの狙うもの、的はずれかその場しのぎ。

と、嘉平が嘆くのも、認めたくはないがそのとおりである。入ってくるときもあるが出ていくだけのときも多い。

そもそも三左は金に無頓着な父兵四郎《へいしろう》と、どこまでもけちな祖父次郎右衛門を順に

見て育ってきた。そのため金に執着しつつ頓着しないというわけのわからない性格となった。一朱をけちって一両出てゆくなどはざらだ。世知辛《せちがら》い世の中、その逆はそうそうない。

だから三左は、本人としてはなぜそうなるのかよくわかっていないが、いつも金欠なのであった。


「ちなみに入っとる梅はな、儂秘蔵の田辺《たなべ》印じゃ。よく味わえ」

田辺印とは、なかなかに高価な紀州梅のことである。滅多に手に入らないとは三左も知る。

次郎右衛門がいいながら三左の背を回った。顔をそちらに向ければ、おそらく湯飲みから、嘉平が三左に差し出した茶碗より濃く梅が香った。少なくとも二粒は入っているに違いない。

「へっ。梅干ひとつで恩着せがましい。加役百俵だぞ爺《じい》さん、百俵」

「それこそ恩着せがましいわい」

次郎右衛門は三左を行き過ぎ、廊下のほぼ中央に腰を下ろした。

「加増出世は当主の務めじゃろうが。働け働け。もっと働け。どうせなら万石、十万石も拝領してみせよ」

なら爺さんは働いたのかと返したいが、長くなるから三左はやめた。口で次郎右衛門に勝ったためしはないし、なんといっても今は二日酔いなのである。

梅湯をひと口含み、次郎右衛門は目を細めてほうと感嘆を洩らした。

「何度見てもな、とびきりの庭じゃ。三左、おぬしにもわかろうかの」

「わかる」

「ほう。どのように」

「わからねえ。が、凄《すげ》え」

つくづくと阿呆《あほう》じゃわいと次郎右衛門が溜め息をつく。

「ま、二日酔いの目、節穴《ふしあな》の目にも凄いとわかるほどに優れた庭ということか」

「二日酔いも節穴も置いとけ。俺にも見る目はあるってことだ」

「殿、せっかくの梅湯が冷めましょう。いらないのならば即刻下げますが」

背後から嘉平の声が、幾分きつめであった。

「いや、もらうって。いてて」

振り向こうとして三左はこめかみを押さえた。どうせなら爺さんの塊《かたまり》ひとつになって座って欲しいが、三左を挟んで左右で騒がしい。繰り返すも面倒臭いが二日酔いなのだ。三左を困らせようとしてわざと分かれたわけではあるまいが、この爺さん二人の調子に巻き込まれるといつも泣きを見るのは三左である。

無造作に茶碗をつかんでひと口やる。

「美味《うま》い」

梅そのものの味か湯の塩加減か。なんにしても、それだけで胃の腑のむかつきがあっさり治まった。

嘉平がながめて無言で頷《うなず》く。

「そうじゃろう」

代わって次郎右衛門が答え、自分でももうひと口ずずっと梅湯を啜《すす》り、再度、よい庭じゃと言葉にした。よほど新しき庭が気に入ったに違いない。

「住み慣れた本所の屋敷を離れるにあたっては後ろ髪引かれる思いであったが、この庭をながめられるだけでも移った甲斐があると申すもの。ここをてがけた作庭家は、天才じゃな」

なにが後ろ髪引かれる思いだと三左は小声で吐いた。屋敷が広ければ賭場も広くなる、もっと儲かると仏の伝蔵の尻を叩き、老中の屋敷に三左が呼ばれている留守の隙に、あっという間に引越しを終わらせたのはどこのどいつだ。

「ん。なにか申したか」

次郎右衛門は六十を超えても地獄耳だ。

「いいや、なんにも」

「なにが後ろ髪引かれる思いだと吐き捨てられましたが」

忘れていた。目の前には次郎右衛門の影ともいうべき嘉平がいたのだった。

「ほう。よう申した」

次郎右衛門の声が少々冷えて聞こえた。

「いや、爺さん。別段の他意はなくてだな」

とっさに振り返る。こめかみが痛んだが捨て置く。普段ならまだしも二日酔いの身である。煙管《キセル》でも飛ばされたら対処のしようがない。もっと痛い。

そのとき、

「ええ。おはようさんで」

「おはようございます」

やけに間延びした声が次郎右衛門の背後からあがった。どういう声かといえば、三左にも馴染みの二日酔いの朝の声だ。

「ん？　なんだお前ら」

三左が寝ていた座敷のさらに奥間から、青い顔をしてごそごそと這い出してくる男が二人あった。出て来て三左同様、庭を目にして固まる。

一人は浅草の口入れ屋、山脇屋《やまわきや》の主にして御用聞き、いわゆる二足の草鞋《わらじ》を履く仏の伝蔵であった。

そしてもう一人は、

「伝蔵が泊まってるってのはわからないでもねえが。おい、右門《うもん》」

南町奉行所の同心、大塚《おおつか》右門である。三左より一つ年下の二十二歳の若さで定町廻《じょうまちまわ》りを務めるのは四年前に亡くなった父重兵衛《じゅうべえ》の跡を取ったというばかりでなく、切れ者だからだ。同心は名ばかりの一代抱えとはいえ、能吏《のうり》でなくば代替わりしてすぐに定町廻りに就けるわけもない。

内藤家と大塚家は古い付き合いで、右門の父重兵衛もかつては次郎右衛門の弟子であったらしい。つまり、三左と右門はほぼ生まれた時からの付き合いであった。腐れ縁という奴である。

「なんでお前がいるんだ」

三左の問い掛けに、目を瞬《しばたた》いて右門が我に返った。

「まあ、伝蔵は私の配下ですからね」

「そういう問題じゃねえだろう」

実際、伝蔵はかつて重兵衛の手先であり、そのまま右門が引き継いだが今の話には関係がない。

「そういう問題なんですね、これが。……ていうか、泊まらなきゃならないほど呑ませたのは三左さんでしょうに。覚えてないんですか」

四つん這いのまま、下から右門が三左を見上げた。三左は一瞬たじろいだ。

「……覚えてないんですね」

そのとおりなのだ。覚えていないから聞いている。

「へえ。ようは、あっしが大塚の旦那に声をかけやして」

脇から、同じように這ったまま伝蔵が口を挟んだ。

「なんだ？」

「明屋敷番ご任官とお引越し。となりゃあ、内藤家と縁の深い大塚の旦那にお知らせしないわけにはいかねえでしょう」

うんうんと右門が相槌《あいづち》を打つ。

「で、来たってわけですよ」

「わざわざ八丁堀からな」

八丁堀から上平右衛門町までは、本所に向かう距離の倍はあった。

「そうですよ」

「御苦労なこった」

「ははっ。なんたってただ酒だと聞きましたからね」

そういうことか。切れ者であっても三十俵二人扶持《ぶち》の懐は寂しいのだ。

「しかも、けちくさいご隠居にしては大盤振る舞いだといわれれば、呼ばれないわけにはいかないでしょう」

　一瞬場が固まった。

「あわわ」

　二日酔いでも素早く、伝蔵が座敷にとって返そうとする。その頭に音を立ててなにかが飛んだ。

「おわっ。痛ってて」

　三左は思わず顔をしかめた。本来なら、三左に飛来したかも知れぬものだ。

　次郎右衛門の煙管である。

「伝蔵。儂のどこがけちくさいか、じっくりと聞こうかの」

　次郎右衛門がゆらりと立ち上がった。阿吽《あうん》の呼吸で音もなく嘉平が摺《す》り足に寄り、次郎右衛門の手から湯飲みを受ける。

「い、いえね。ご隠居様、あっしぁなにも。ふ、深い意味があったわけじゃあって、旦那方ぁ、なんとかいって下せえよぉ」

　こういうときは、聞かない振りに限る。

　三左も右門も庭に遠い目をやった。

（それにしても）

　昇る朝陽の中で、庭の草木はますます命を輝かせるかのようであった。

二

朝らしからぬどたばたの後、伝蔵は泳ぐようにして帰っていった。嘉平の素知《そし》らぬげな様子から朝餉《あさげ》は出ないと踏んだ右門も、役宅にか、そのまま奉行所にかは知らぬが出てゆく。

「さて」

大小を腰に差し落とし、三左も右門らに遅れること四半刻《とき》ほどで玄関に向かった。三左にも朝餉は用意されていないとわかったからだ。当主にして扱いは、出入りの口入れ屋や八丁堀の同心と一緒だ。

たしか夕べ嘉平は、

――しばらくは朝餉も夕餉《ゆうげ》もありましょう。

と祝いを口にしていたような気がしたが、問えば、

「あれだけの馬鹿騒ぎをされては。今朝の梅湯など、言祝ぎの残り滓《かす》のようなもの。ということで、朝餉などございません」

何度かの朝餉と夕餉が飛ぶほどの馬鹿騒ぎとはどれほどか。覚えていないから興味はあったが、恐ろしくもあったからあえて聞かなかった。とにかく、朝飯はないのだ。

無駄に過ごせば夕飯もない。

が、だからといって三左はいっこうに気にしない。住まいが本所から上平右衛門町に変わっただけで、三左の生活も扱いも普遍、ということである。悲しいほどに、揺るがないのだ。

で、草履をつっかけて表に向かおうとすると、遠く屋敷の門前から、

「おはようございまぁす」

と、鈴を転がすような声が聞こえた。

「ごめんくださいまし。内藤様のお屋敷はこちらでよろしいですかぁ」

艶《つや》っぽく明るく、聞き間違えようのない馴染んだ声である。

「よう、お」

つたと声をかけようとする三左の脇を、音もなく嘉平が擦《す》り抜けるようにして玄関に向かった。素早い動きというか、二日酔いの三左には今は無理な身のこなしである。

「はいはい。新しき内藤家で間違いございません。おつたさん。どうぞお入りくださ い」

「あら、嘉平さん」

艶っぽく明るい声は内藤家と馴染みの深い船宿、みよしの女将《おかみ》おつたのものであった。

みよしは小舟町《こぶねちょう》二丁目にある小さな船宿である。今の女将であるおつたは、三左にとって右門同様生まれたときからの付き合いであり、次郎右衛門などはおつたの父、今は亡き太田源六《おおたげんろく》が店を出す前からという古い縁である。源六は早世した三左の父、兵四郎とともに江戸に出てきた、元侍であった。

おつたの声を聞きつけ、奥から次郎右衛門も滑るように出てくる。

「それじゃ、お邪魔しますよぉ」

門内におつたが姿を現すと、いきなりそこで朝の陽が弾《はじ》けたようになった。

思わず三左は目を細めた。すると、

「ふふ。三左さん、どう？」

といいながら、おつたがくるりと身を回した。

この日のおつたは、なんともあでやかな振袖《ふりそで》姿であった。総模様の大振りな市松染めの、白と紫が目に眩《まぶ》しいほどである。それで三左には朝の陽が弾けたように見えたのだ。

「どうったって」

よく似合ってるぜとは、おつたに惚れている三左にはどうにも気恥ずかしく、まともに口にすることははばかられた。

するすると横合いから、

「おうおう。仕上がったか。よう似合っておる」

「ええ。おつたさんの美しさがまた一段と際立って」

昔からおつたを孫のように可愛がる爺さん連中には衒《てら》いがない。先にそんなふうにいわれた後では、ますます三左はごにょごにょと口ごもるしかなかった。

「まあ。ありがとうございます。でもそれもこれも、ご隠居様と嘉平さんのお見立てがよろしいからですわ」

朗らかに言いつつも、三左に当てるおつたの視線が一瞬尖《とが》ったのは気のせいか。

「なになに。それにしてもこうしてみると、歳《とし》とともにおつたは本当に若い頃の幾松《いくまつ》によう似てきた」

「左様でございますな。それこそ生き写しと申しましょうか」

幾松とはその昔評判を取った辰巳《たつみ》芸者にして、今は亡きおつたの母の名である。

「そうおっしゃっていただけるとうれしいです。昨日ようやく仕立てあがったものですから。まずはお礼かたがたと思ったんですけど、本所に回ったら引越されたって聞いて」

おつたの笑顔が輝きを増しながらふたたび三左に向く。

「お礼ついでに、三左さんにも一度くらいなら呑ませてあげるわね」

「お。ありがてえ」

で、三左はやはり先ほどの怖い視線は気のせいかと胸を撫《な》でおろした。

おつたは老中暗殺未遂事件の折り、賊徒らに囚われの身となった。それを助け出した次郎右衛門に日本橋の越後屋《えちごや》で着物を購《あがな》ってもらったとは三左も知る。

「そうかい。それが爺さんが買ったってえ着物かい。――いくらすんだ」

次郎右衛門と嘉平が三左に視線を流し、それぞれにやれやれと溜め息をついた。

お礼かたがたといいながら礼の前にまず三左にどうと聞いたのは女心であったろうが、それを感じられぬとは野暮《やぼ》の極みであるとの自覚は三左本人にはまったくない。加えていうなら、こればかりは二日酔いのせいでもなんでもない。

とそこへ、

「ごめんくださいませ。朝から不躾《ぶしつけ》とは存じますが、こちらは内藤三左衛門様の」

再度門前に柔らかな女声が湧いた。艶っぽくはないが愛らしく、こちらも馴染んだ声である。

「おう、菊乃《きくの》。入んな」

声の主は三左の元の屋敷がある本所で、掘割の向こう河岸に住む貧乏御家人、吉田《よしだ》孫左衛門《まござえもん》の娘菊乃であった。ちなみにいえば、孫左衛門は内藤家の賭場の常連である。

「それではお邪魔いたします」

静々と入ってきた菊乃は、おつたとは違えど、こちらもあでやかな華であった。萌黄の薄色に茶色がかったいわゆる梅幸茶《ばいこうちゃ》の地に裾《すそ》八寸で染め抜かれているのは薊の花か。小さく可憐な小花の裾模様が、菊乃の愛らしい顔立ちによく似合っていた。

であれば、野暮な男でも二人目の到来なら最初からわかる。

「お前ぇもお披露目かい。それにしてもよく似合ってるじゃねえか」

おつたと次郎右衛門らの会話にごにょごにょとしか入れなかった分、先手を取った気で三左は菊乃をすんなり褒めた。なにしろ近所に住み、妹のような親しみさえ感じてきた娘である。

「まぁ」

一瞬にして頰《ほお》を染め、菊乃は恥じらいさえ見せて下を向いた。

「そうじゃな。うむ。その程度の柄に抑えてよかった。径八寸じゃから節度もあるしな。それでいて華やかさもある」

「左様でございますな。若さもあろうかとは存じますが、控えめなお色がかえって菊乃様を引き立てるようでございますな。薊の花もよくお似合いで」

三左に遅れた分を取り戻そうとするかのように、次郎右衛門と嘉平も代わる代わるに褒めた。少々むきになっている気がしなくもない。

と、わざとらしい咳《せき》払いが聞こえた。おつたである。

「あら」

ここではじめて、菊乃は先客であるおつたに気づいたようである。

「まあ、おつたさんもいらしてたのですね。ああ、それで先ほど内藤様が」

「はい。露払《つゆはら》いはさせていただきましたよ」

声がかなり冷めて聞こえた。

「まぁまぁどちら様も」

おつたは三左から順に内藤家の男たちを見回した。

「若くてきれいな娘さんにはお口がお上手で」

最初の陽気さは欠片《かけら》もない。いかん、と次郎右衛門の呟きがあった。

「まあなんだ。おつたもお菊坊もせっかく来たんじゃ。まずは上がれ」

次郎右衛門は今でも菊乃を昔ながらにそう呼ぶ。

「はい。ではお言葉に甘えまして」

菊乃は素直に従うが、

「あらよろしいんですか。こんな姥桜《うばざくら》がご同席させていただいても」

「なにを申す。お、そうじゃ。よい梅があるでな。梅湯にしてな」

「はいはい。どうせ私はもう梅干でございますから」

「梅干は梅干で味わいがあろうに」

「えっ。なにかおっしゃいました？」

「い、いやいや。お、そうじゃそうじゃ。この屋敷の庭は見物《みもの》じゃぞ。御府内に武家屋敷多かれど、滅多にお目にかかれぬ枯山水でな」

「ええ。どうせ私は枯山水ですよ」

　会話がどんどん硬くなってゆく。

「そう申すな。それ、嘉平」

「はい、こちらでございますよ」

　次郎右衛門と嘉平に先導され、ようようおつたが庭方に去った。菊乃も三左に小さく頭を下げて後に続く。

　二日酔いのせいか流れに乗り切れず、一人残された三左は顔を上天に振り向けた。

　雲ひとつない、青が目に染みる晴天であった。

「なんだか、なにも変わらねぇじゃねぇか」

　次郎右衛門も嘉平も伝蔵も右門もいておつたが顔を出し、おまけに菊乃まで巻き込んで朝から内藤家は大賑《おおにぎ》わいだ。

　変わらない。本所の生まれ育った屋敷となにも変わらない。とくれば絶景の庭は大いなる余禄というものだ。

「ここも、悪くねぇな」

　二日酔いではあるが、三左の気分は上々であった。

「さて」

奥には暗雲が立ち込める気がしたから戻る気などさらさらない。

三左の足は当初のとおり、自然に外へと向かった。


不穏な空気から逃れ、さてと出てはみても当然、特段にすべきことなどなにもない。そもそも職務とてない小普請《こぶしん》であり、加役の明屋敷番にしても文字どおり空家となった屋敷の番なのだ。よくは知らぬが、しなければならぬことは屋敷の掃除と庭木の手入れくらいだろう。内藤家においては、それは嘉平の仕事だ。もっとも、あの庭を嘉平がいかに扱うかは見物といえば見物ではあったが。

（どうせ口をへの字に曲げた素っ惚《すとぼ》け顔で、この枝とあの枝の、ほんの少しが気に入りませぬ、とかいって、ちまちまちまちまやるんだろうぜ）

などと考えながら、三左はまず上平右衛門町の通りに懐手を揺らした。

上平右衛門町は、馴染んだ本所からだと乾《いぬい》（北西）の方角に位置する。千代田《ちよだ》城からは鬼門の方角に当たり、浅草御門から神田川の流れを渡り、浅草橋北詰から茅町《かやちょう》の通りを左手に折れた先にあった。すぐ裏手が神田川である。

右門の八丁堀からだとずいぶん遠くなるが、内藤家の賭場を仕切る伝蔵の住まう浅草西仲町《にしなかちょう》は近くなる。距離にすればさほどではないが、ほぼ地続きで大川橋を渡らなくてすむ分を考えれば、気持ちはほとんど近所も同然である。

この日は初夏の陽光降り注ぐ、穏やかな陽気であった。

振り売りが走り、行商人が荷を負って行き交い、お店者《たなもの》が通り、侍が通る。

「まっ、どこも変わらねえな」

人の世の営みは、どこにいてもなにも変わらないのだ。

茅町の通りに立って、三左は身に大きな伸びをくれた。

と、突如としてけたたましい音がした。近くにいた者達がいっせいに三左を見たほどである。

「いやなに。ははっ。気にするな」

三左の腹の虫が鳴いたのである。二日酔いはほとんど治まっていた。で、梅湯一杯の腹が悲鳴を上げたのだ。

「さて」

腹を撫でさすりながら三左は通りの左右をながめた。

右に浅草御門を潜《くぐ》り、両国橋を渡って行けば深川に一膳飯屋の千歳屋《ちとせや》がある。たかりの浪人を叩き出した折りに受け取った、ただ飯の符丁である割裂箸《わりさきばし》の片割れは、かろうじてまだ懐にひと組あった。というか、懐にあるのはそれだけだ。

「深川は遠いな。みよしは近ぇが、金はないときた」

三左は通りの右を見て、左を見て、もう一度右を見て、そうして左を見ることなく左に決めた。

「伝蔵のところ、だな」

どうせ帰ったとて伝蔵が仕事に精を出すはずもない。口入れ屋の方は番頭連中と手《て》代《だい》の政吉《せいきち》に任せっきりで、御用聞きの方は小者や〈根津《ねづ》〉の政吉に任せっきりなのだ。

ちなみに、このどちらにも出てくる政吉は同一人物だ。だから暇な伝蔵とは真逆に、目が回るほど政吉は忙しい。で、根津のふたつ名は〈寝ず〉に変わる。

「将棋の相手でもしてやれば飯くれえ出てくるだろ。負けてやれば酒も付くかもな」

懲りない三左はふたたび懐手となり、茅町の通りに袖を揺らした。

三

それから間もなく、浅草御蔵を右に見ながら元旅籠町《もとはたごちょう》一丁目を過ぎた辺りであった。

「ええい。下手に出ればどこまでも図に乗りおってっ」

元旅籠町の一丁目と二丁目の脇道からやけに武張《ぶば》った声が聞こえてきた。怒気もあらわである。

「うわったったった」

見れば分け入った武家地で、長屋門の門前に浪人然とした身なりの若者が転がり、長柄《ながえ》の槍《やり》を抱えた大兵《だいひょう》が顔を真っ赤にして仁王立ちであった。門番らしき老爺が一人、ただ突っ立っておろおろとしていた。

「『植伝《うえでん》』の口利《き》きであるから見させたが、もう我慢ならんっ」

「と申されてもですね。駄目なものは駄目なんです」

長屋門に門番とくれば、大兵はおそらく三百石以上の旗本だ。羽織袴《はかま》の品の良さを見ればもっとかも知れない。地に転がる若者は、そこに出入りの何者かだろう。

「天に然《しか》り。自《みずか》らに然り。天然自然をねじ曲げてはならぬのです」

「黙れっ。父祖代々に丹誠込めた庭じゃ」

庭という言葉に三左の注意が引かれる。なんといっても極上の庭を目にしたばかりである。

「いいえ、何度でも申します。風水ばかりに偏《かたよ》った庭に、本来の美しさなどあるわけもない！」

どう考えても勝てそうもない相手に、しかも恫喝《どうかつ》まがいの怒声を浴びせられても若者は一歩も引かない。引かないどころか、土まみれに転がりながらしかし、強い目で大兵を見上げて凛《りん》とした声を張る。

「ほっ。いうじゃねえか」

三左はにやりと笑って顎《あご》を撫でた。そういえば髭《ひげ》を当たって来なかったことを思い出す。

なにをどうして大兵が怒っているのかは知らぬが、そういう若者を三左は嫌いではなく、こういう揉《も》め事は三左の働き場、いうなれば飯の種である。

「おう。ようも繰り返し繰り返しにほざきおった」

大兵の声音《こわね》が一気に冷えて聞こえた。最前までの怒りを飛ばし、目を細めて槍の鞘《さや》を静かに払う。

「と、殿様、そこまでは。人目がございますですっ」

潜《くぐ》り戸から押っ取り刀で現れた、用人らしき丸眼鏡の男が悲鳴に近い声をあげる。

「やかましいっ！」

用人の忠告を大兵は切って捨てた。りゅうとしごいて槍を腰溜《こしだ》めに定める一連は、大兵の腕が並ならぬものであることを示した。

目に宿る光も小さく収斂《しゅうれん》し、辺りにかまわず漂い出すのは純然たる殺気だ。

大兵は本気であった。

本気になった武士は怖い。一分《いちぶん》、面目《めんぼく》とがなり立て、些細《ささい》なことでも簡単に生き死に事にする。

「おっと。いけねえ」

三左は慌てて脇道を揉め事の場に走った。

若者の命は、今や風前の灯火《ともしび》であった。

が、

「へっへっ。飯の種飯の種と」

三左の口調はどこか軽く、かえって喜色を表していた。走りながら手も、知らずのうちに揉み手になる。

三左にとって風前の灯火なのは若者の命ではなく、わざわざ浅草まで行かなくともありつくことが出来そうな雰囲気の、昼餉であった。


「待った。ちょっと待ったぁっ」

土埃《つちぼこり》を蹴立《けた》てて迫り、三左がそう声を張ったのは、大兵が槍を頭上で大廻しにし始めたときであった。

石突きを地におろし、大兵はかすかに血走った目で三左をにらんだ。手練のほどがわかる、なかなかに強い目であった。袖口からのぞく腕ぎわの肉も、長柄の槍を振り回すにふさわしくよじれ、背も五尺八寸の三左より頭半分ほど高い。

三左は思わず内心で感嘆を洩らした。といって大兵にではない。若者にである。見れば陽に焼けて浅黒い肌は若々しいが、大して腕に覚えが、というかまったくないと断言できるひょろひょろとした身体《からだ》で、よくも赤鬼のような大兵に楯《たて》突いたものだ。

「何者だ」

押し殺してはいたが、大兵の声は地響きのように腹を揺すった。

「俺ぁ本所の、じゃねえや。ええと、なんだっけな」

暫時《ざんじ》考える。

「そのな、俺ぁ、そっちのな、その曲がった通りをあっちの方にしばらく行った辺りに越してきた内藤三左衛門」

頭を掻《か》き、指先で道を指し示す。我ながら締まらない名乗りだ。

大兵も若者も無言にして目が泳ぐ。案の定、わかっていない。

「そんなこたぁどうでもいいや。関係ねえ」

三左は不毛な空気を強引に取りまとめた。

「白昼往来でみっともねえ。見りゃあ立派な屋敷じゃねえか。本身《ほんみ》の槍を振り回すなんざ、大身《たいしん》の旗本のすることじゃねえぜ」

おそらく大身の旗本という言葉に大兵は一瞬ひるんだが、

「黙れっ。我が家とこの者のこと。他人が遊びで口を挟むなど無用じゃっ」

すぐに怒気を立て直した。

「これだから」

武士のいさかいは始末に負えないと三左は溜め息を洩らした。

家がどうした。体面がどうした。三左の家など当主も知らぬわずか二、三刻の間に、差配された博徒が上がり込んで勝手に引越した。

「無用っていわれたって、簡単に引っ込むわけにはいかねえな。こっちだって昼飯がかかってんだ」

きっと、二人にはさらにわからない話だろう。

「で、いさかいの元はなんなんだい」

大兵が口をへの字に曲げた。若者もそっぽを向く。用人も見る限り話す気はないらしい。

「ふうん」

三左は厳しい気を込めた目を、だから門番の老爺に向けた。

「ひえっ」

大きく身を跳ね、老爺はこくこくと頷いた。

「に、庭木の配置が悪いと、それで口論になりましたじゃ」

「……けっ」

そんなことか。我が家とこの者のことと大兵はいったが、たしかに、世の中に照らしてもどうでもいいことのように三左には思われた。

「馬鹿らしい」

思わず吐き捨てた言葉に、けれど反応は早かった。

「なにが馬鹿らしいっ」

「馬鹿らしくなどありませぬっ」

聞けば声色《こわいろ》は二人分だが、三左を責める声は、ほぼ音をそろえてひとつであった。三左の正面からと、地面からである。

「えっ。さ、左様で」

意表を突かれ、なんだかわからぬが三左は首肯《しゅこう》した。

「我が家の隆盛を願い、代々に惜しまず庭に手をかけてきた父祖の労苦。それのどこを馬鹿らしいと申すかっ」

「庭木も必死に生きようとする命。間違えた配置では美も生も途絶《とぜつ》するのです。馬鹿らしくなどありませぬっ」

これも、声は二人分だが音はひとつである。ひとつだから、混じり合って細かくはなにをいっているのかわからない。

「いや、なに。はっはっはっ」

とりあえず一歩、三左は怒気の圏内から引いてみた。

「おう。間違った配置とはよう申したっ」

「申しますっ。本来野にあってしかるべき草木の命を移すのです。配置は細心であらねばなりませぬ。作庭などしょせん人の我欲。抑えて然るべきだ」

三左を無視し、また二人がいい争いを繰り返した。

「黙れっ」

「黙りませぬ。それがなんですか。あの庭には草木に対する優しさがない。見えるのは、芬々《ふんぷん》たる我欲ばかりです」

「おのれっ」

目に朱を散らして一声吼《ほ》え、大兵が大きく跳び退《しさ》って槍を頭上に回した。突き飛ばされる形で背後にいた用人が丸眼鏡を落とし、潜り戸の中に身体ごと逆戻りする。

（あっ。いけねえっ）

三左が飯の如何《いかん》を取り決める前に、事はすでに一触即発の場面であった。

回る槍が大気を裂いて唸《うな》りをあげ、徐々に静まって果ては大兵の腰溜めから穂先を若者に突き付ける。

「もはや問答無用じゃ」

さすがに鍛えある者の本気を感じてか、若者が青い顔になって身を震わせた。

「ちっ」

膨れ上がる殺気に感応し、三左は知らず佩刀《はいとう》を閂《かんぬき》に押して鯉口《こいぐち》を切った。

「詫《わ》びなど求めぬ。いや、詫びはあの世でするがよい」

穂先の輝きをにらみつつ、三左は音もなく大兵と若者の間に割って入った。

「昼飯一回っ！」

気合いは情けなかったが、それでも穂先に貫かれれば死生の間境《まざかい》はあいまいだ。

動じることなく三左は身を低くして鞘をひねり、間近に迫り来る槍の穂先を迎え撃った。

――おおっ。

声を上げたのはおそらく、潜り戸から這い戻った用人であったろう。

三左の腰間からほとばしりでた光は、穂先の輝きをも巻き込んでなお、軽やかに天空へと伸び上がった。

三左も大兵も、しばし動かなかった。

光は三左とつながり、つながりの光は大兵にはなかった。

穂先の輝きは、光を散らしながら大いに惑っていた。三左の一閃《いっせん》は、長柄の槍を千《せん》段《だん》巻《ま》きの辺りから両断したのである。

柄を失った穂先は、目まぐるしく回りながら宙を飛び、若者の後方で大地に突き立った。

その間に、はや白刃《はくじん》を鞘に納めた三左が素立ちになって大兵の肩を叩いた。

「やめたがいい。戦さ場の習いは戦さ場でやれ。ここは人も通れば犬猫も通る、天下の往来だぜ」

斜めに鮮やかな柄の斬り口を、しばし信じられぬような目でながめていた大兵はやがて、

「おぬし、何者だ」

と、もう一度、今度は搾《しぼ》り出すような声でいった。

「だからだなあ」

三左は頭を掻き、

「俺ぁ、そっちのな、その曲がった通りをあっちの方にしばらく行った辺りに越してきた内藤三左衛門だ」

と、こちらも馬鹿丁寧に繰り返した。

「内藤、三左衛門か。覚えておこう」

それだけいうと、大兵は柄を握ったまま屋敷の中に戻っていった。

穂先を拾って抱え込んだ用人が泳ぐように続き、門番の老爺も三左から逃げるように屋敷内に入って潜り戸を閉める。それでは門番の役に立たないのではとは思ったが、この場合はどうでもいい。

後に残されたのは、三左と若者の二人だけであった。

「おいおい。いつまで地べたに座り込んでるんだ」

三左の声で我に返り、慌てて若者は立ち上がった。袴の裾や尻の土を払い、三左に正対するとひょこりと頭を下げる。

「どうにも、危ういところをお助けいただきまして」

三左と大兵の対峙《たいじ》に毒気を抜かれたか、言葉に今までの険はなかった。近くで見ると澄んだ目が気性の真っ直ぐさ、悪くいえば愚直さを示して揺るぎのない若者である。思ったとおり、歳は三左より二つ三つ若いか。

「申し遅れました。私は――」

「まあ、それはおいおい、道々でいい」

三左はにやりと笑って若者の肩に腕を回した。

「さて、なにを食おうか。いや、贅沢《ぜいたく》をいっちゃいけねえな。お前ぇの行きつけでいいぜ。文句は極力いわねえ。酒の一本もつけてくれれば絶対いわねえ」

「……はあ」

若者の戸惑いにお構いなく、すでに食う気満々の三左の腹はけたたましい音を立てた。

四

憮然とした表情で腕を組み、三左は来た道を戻っていた。いや、戻るどころか神田川の土手道を遡上《そじょう》し、すでに湯島から本郷に入って追分《おいわけ》を過ぎている。〈本郷も兼康《かねやす》までは江戸の内〉といわれた、墨引《すみびき》の三丁目も四丁目もとっくのとうに過ぎ、正しくいえば道はもう、上駒込は染井村の辺りであった。

時刻にして、大兵とやり合ってからはすでに半刻が経《た》っていた。たらふく食わせてもらい、その腹ごなしにぶらついているのかといえばそうではない。道の先導役として先の若者が前を歩き、三左の腹は悲しげな音を立て続けていた。

「なにか食わせろ」

「といわれても、持ち合わせなどございませぬ」

「助けてやったろう。なんとかしろ」

「うぅん。それならば、私と懇意にしてくれる者のところへ」

と、簡単明瞭な問答があって、どこまでとも知らず歩き出した若者の後に従っての今である。

道々聞くところによれば、若者の名は下川草助《しもかわそうすけ》といった。元は作事方《さくじがた》庭作《にわつくり》を務める御家人の家に生まれたというが、ゆえあって浪人したらしい。

「ふん。そうかい」

三左にはなんの興味もなかったから聞き流した。どんな粗相をしようが知ったことではない。だいたい、作事方庭作という役職がなにをするのかも知らなければ、どれほどの家禄なのかも知らない。

そもそも旗本身分にしがみつくことが偉いわけではなく、浪人したからといって人の格が下がるわけではないとは三左の、ひいては内藤家全体の考え方だ。実際には次郎右衛門も嘉平も立身出世とよく騒ぐが、それは身分家格を上げよというよりも、稼げということなのである。そういう守銭奴でなければ屋敷を博打場に貸すことなどせず、広い屋敷をあてがわれたとて、すぐにほいほいと移り住むことなどしないだろう。

それよりも――。

「おい、下川。まだなんかい」

三左は先を行く下川草助に声を掛けた。歩きの疲れではなく、空腹によって足が少々ふらつき始めていた。こんなことなら、面倒くさがらずに深川の千歳屋に向かった方がまだ近かった。

「まもなく。そこの染井通りをですね」

草助はいいながら走り出した。半町も行かず辻で立ち止まると、右方を指し示して三左に呼び掛ける。

「こっちに曲がれば、もう見えますよ」

「おっ。やっとかい」

見えると聞いて三左の足が速くなった。

辻に草助と立って示す方に目をやれば、通りは左右ともに広大な屋敷地が連なっていた。茅葺《かやぶ》き屋根の、豪農を思わせる母屋《おもや》が目立ち、どこも威勢のよい職人が出入りを繰り返している。

「おう。ここかい」

三左も聞いたことがあった。染井村は植木屋が建ち並んで江戸郊外にもかかわらず賑わう場所であると。

「はい。染井通りは植木屋通り。で、そこの三軒目が植伝《うえでん》です」

その名は今日まで知らなかったが、連れてこられる前に草助が口にした。

植伝。それは作庭家として世に名高い植木屋、小川治兵衛《おがわじへえ》と並び称される、林伝兵衛《はやしでんべえ》の通称であった。

明暦《めいれき》の大火後、大名家の下屋敷や寺社はどんどん外堀を渡って郊外に出された。

無骨な上屋敷と違って、下屋敷は全てにおいて緩《ゆる》い。警固も緩ければ規律も緩い。

そもそも主が訪れるときは、療養か行楽が目的なのである。そんな理由もあり、下屋敷の庭園化が進んだといわれる。寺社も同じだ。

染井村に植木屋が隆盛を極めたのはそんな下屋敷が多くあったことと、武州からの草木が容易に手に入る場所柄によるという。

草助は行き交う職人らに気軽く挨拶しながら植伝に入り、案内も請わず母屋に上がった。懇意にしているとは聞いたが、そうとうに親密なのだろう。

「では、暫時ここでお待ち下さい」

通されたのは、庭を一望するながめのよい座敷であった。吹き込む風に草木の香りが強くした。

すべて売り物なのだろう草花や樹木は、一見雑多にして野放図であった。

が、

「うむ。なかなか大したものだ。間違いなく植木屋の庭だな」

自身の新居の美しさとはまた違って野草園の趣《おもむき》が強い庭も、これはこれで見応えがあった。

そういえばと思い出す。ときに歴代の将軍家も、直々《じきじき》に駒込の植木屋を訪れたことがあるらしい。

「お待たせ致しました」

めずらしく三左が物思いに耽《ふけ》っていると、不意に表側の襖《ふすま》が開いた。

荒くれの職人を従えて大名家やらの庭を仕上げるとは、どんな頑固親父が姿を現すかと思っていた。が、襖の向こうには意外に優しげな、こぢんまりとした初老の男が草助を従えて膝を突いていた。

「下川様から聞かせていただきました。この度《たび》は、すんでのところをお助け下されたそうで」

少々潰《つぶ》れてがらがらとはしていたが、いい声であった。職人を怒鳴り飛ばし、叱咤《しった》し、褒め上げて一人前に育てる親方の声だ。

「いや、なに」

三左は居住まいを正し、入ってくる伝兵衛に正対した。穏やかな初老にして、伝兵衛にはそうさせずにはおかない、名人の剣気にも匹敵するたたずまいがあった。

「手前が、林伝兵衛でございます」

「内藤、三左衛門と申す」

名乗る三左を、しばし伝兵衛はじっと見詰めた。心底を撫でられるようでこそばゆかったが、なすがままにした。さほど悪い気はしなかった。するとやがて、伝兵衛はひとり頷いて相好《そうごう》を崩した。

「なるほど。万事にこだわりのない気風、とお見受け致します。まるで、晴れ空に吹き渡る一陣の風ですな」
「ほう。人を読むのか」
「お気に障られましたのならご勘弁を。草木は話しませんので、特に初対面の方には
つい。はっはっ。仕事柄の、病のようなものでございましょうか」
納得できる話だ。剣にも通じる。三左は黙って頷いた。この男なら、次郎右衛門と
も話が合うかも知れない。
「おう。そうそう」
伝兵衛は軽く手を叩いて背後の草助に膝を回した。
「通いの源次《げんじ》が、朝取りの瓜《うり》をくれましてな。井戸に冷やしてあります。下川様。勝
手方の誰ぞに伝えて、こちらに運ばせていただけませんか」
「心得た」
「お願い致します」
草助が出てゆくのを目を細めて見送り、それから伝兵衛は三左に向き直った。
「経験修業の内と思いましてな、あちらこちらへご紹介させていただくのですが、ど
うにもまだ心が丸まりませんで手を焼いております。まあ、あの方のお父上、武平《ぶへい》様
などは亡くなるまでそうでしたが」
心が丸まらないとは、草助のことだろう。手を焼くといういい方もさりながら、本

当に困っているようには見えない。伝兵衛から感じるのは、やんちゃ坊主を見詰める爺さんの心だ。

「庭つながりか」

「はい。古くからの」

聞けば伝兵衛は植木屋として三代目であるらしい。ただ、その名を植伝と称されるまでに高めたのは当人、三代目の伝兵衛であるという。

そして、草助の父下川武平は先にも聞いた、作事方庭作である。作事方庭作は作事奉行配下として格で比べるなら大工頭《がしら》と同等、いうなれば幕府造園の総責任者である。二人役で世襲。一人は三百俵、もう一人は五十俵の持高勤めで、ともに十人扶持を支給されていた。その、三百俵役が下川武平であったと伝兵衛は説明した。

伝兵衛が直接関わるのは本来であれば植木奉行であったが、庭全体としての遣《や》り取りを伝兵衛も譲らず、結果いつも話を詰めるのは武平とであったとも伝兵衛はいった。

「ときにぶつかり、それこそ互いに胸ぐらつかみ合いましてな。はっはっ。身分からいえばとんでもないことでございましょうが、下川様はそんなことには忖度《そんたく》せぬお方でございました。こと庭に関しては、誰よりも厳しいお方ではございましたが」

植木屋と作事方庭作の関係を超え、いつしか林伝兵衛と下川武平は個々として肝胆《かんたん》相照《あいて》らす間柄にまでなったと伝兵衛は昔を懐かしんだ。

「そのご縁もございましてな。下川様がご浪人なされた後も、さまざまな屋敷の庭をお任せ致しておりますのですが。いやはや、なんとも」

伝兵衛は緩く首を振った。仕草だけで聞かずともわかる。で、行く先々で草助は問題を起こすのだ。

「それでも懲りずに任せるとは、お前ぇさんも物好きだな」

「はっはっ。よくいわれます。ですが、下川様とは生まれたときからのおつき合い。植木一筋に生きて妻子もない私には、失礼ながら近頃、下川様がなにやら孫のように思われましてな」

――いいよ、おけいさん。私が運ぶ。

遠くから草助の声が聞こえた。ふと顔をそちらに向け、そうそうと呟きながら伝兵衛が懐に手を入れた。

「孫は、手に負えぬくらいの方が可愛いというもの」

取り出したのは二つ折りの懐紙に挟んだ二分金であった。畳の上で丁寧に包み直し、三左の方に押し出す。

「このたびは本当に、有り難うございました。心より御礼申し上げます」

「孫、ねえ」

同じ孫の扱いでも違うものだと嘆息しながら、三左は懐紙を袖口に収めた。もっとも、内藤家で手に負えぬのは爺さんの方である。だからといって可愛くなどない。

その後、冷えた瓜に舌鼓を打ち、伝兵衛と草助に送られながら、三左は染井村の植伝をあとにした。

五

「孫、ねえ」

三左は呟きながら、酒杯を手の内でもてあそんだ。

小舟町二丁目の、みよしの二階座敷である。

植伝の屋敷を辞した後、三左はそのままみよしに向かった。懐に二分金もあり、食わせてもらった瓜の活力で小舟町までは保《も》つと踏んだからだ。かえって歩きに歩いてみよしに着く頃には、二分金が生きるちょうどよい腹具合になっているだろうとの目算もあった。

開け放した出窓の向こうに掘割をゆく舟の影が長く、川面《かわも》が赤く染まり始めていた。

みよしに着いたときには、目算どおり腹の虫が騒ぎ始めた。

「あらお早い。……本当に呑みに来たの？」

「今日の今日なんざ、さすがの俺でもねえよ。心配するな。ほら」

朝方からの艶《あで》やかな着物のまま出迎えたおつたの不安げな声を遮るように懐紙ごと二分金を放り、

「どんどん持ってこい。それにしたって残るだろ。その分はつけの払いに回せ」

と背に告げて二階に上がる。声はなくとも背に、おつたの喜色が熱く伝わってきたのはなんとも情けなかったが気にしないと決める。

そうして、とりあえず出された揚げ茄子《なす》の煮浸しに箸を付け、二合徳利《とつくり》を空《から》にして今だ。ひとまず腹は落ち着いた。

「孫、ねえ」

落ち着くと植伝、林伝兵衛の顔と話が思い返された。溢《あふ》れんばかりの情愛が、今も腹の底に染みている。酒よりもだ。

肉親の情愛とはあんなものをいうのか。三左にはよくわからなかった。

三左の母文采《あやめ》は、三左を産んですぐ他界し、父兵四郎も三左が八歳のときにこの世を去っている。母は顔すら知らないし、父も十五年のうちに面影すら朧《おぼろ》になっている。今でもはっきりとしているというか、矍鑠としてかえってどうでもいいのは次郎右衛門ばかりだ。

姉は二人いるがどちらも嫁いでいる。次郎右衛門は育てたというが、二人とも苦労の方ばかり多かったようで、嫁いでからは滅多に屋敷に寄り付かない。

「そういえば、あの二人は引越ししたこと知ってんのか」

などと今さらながらに考えていると、川面に揺れる赤が目に染みた。

「お待たせ。あら」

二本目の徳利とおそらく鱸《すずき》の洗いを盆に載せ、おつたが入ってきて柳眉《りゅうび》を寄せる。

「あんなにお腹《なか》が鳴ってたのに」

そういえば酒は呑んだが、煮浸しは申し訳程度に箸を付けただけだった。

「なんだかな、夕陽の赤が切なくてよ。今日はそこまででいいや。後はつけの払いにしてくれ」

手近なところに盆を置き、おつたがばたばたと寄ってくる。それも、驚くほど間近にだ。つきそうなほどに顔を寄せる。

「な、なんだなんだ」

照れくささをそう口にするが、かまわずおつたはそのまま三左の額《ひたい》に手を当てた。

「ふうん。風邪じゃあなさそうね」

おつたの息が甘やかに匂った。

「当たり前だ。熱なんかねえよ」

三左はどぎまぎしながら、自分から身を離した。

「じゃあ、なにか他の病かしら。三左さんがこれだけでもういらないなんて、絶対おかしい」
愛らしい目を忙《せわ》しげに動かしながら三左の顔をのぞき込もうとする。
「ちっ。なんだ、邪魔くせえなあ」
三左は逃れるように川面に目を向けた。
おそらく帰り船なのだろう往来が、掘割に忙しかった。
（いったってわからねえよな。俺だって自分でよくわからねえんだ）
船頭の掛け声が川面に弾け、夕陽が色をますます濃く流れに乗せた。

第二章　賭場騒乱

一

夜が明けて四月二十七日となった。

上平右衛門町の屋敷に越して初めての賭場開帳の日である。

「なんだなあ、伝蔵」

場所は変われどいつもの位置、胴元である伝蔵の隣に座し、板壁に背を預けて三左がやけに間延びした声を発した。

「なんですかい。三左の旦那」

受ける伝蔵の声も間延びしている。というか力がない。

「気の、せいかな」

「……そうじゃねえでしょう」

「やっぱり、そうだよな」

あぐらの膝に肘《ひじ》をつき、身を乗り出して三左は新しき賭場をながめた。

本所の屋敷には離れのような道場があったが、こっちの屋敷にはそんなものはない。それどころか、そんな無粋なものが建てられるような庭ではない。新たな賭場は表座敷から奥方にかけて板間、畳の間混在に四間《ま》をぶち抜いて母屋での開帳だ。それでも三左らの寝間は別に確保できているのだから、敷地五百坪の屋敷はさすがに広い。それで、なりゆきとして相応分の賭場も自《おの》ずと広くなる。伝蔵は初回の客足を見てから少しずつ広げるつもりだったようだが、

「強気じゃ強気、目一杯じゃ」

と勝手にほざく次郎右衛門の鶴の一声で、いきなり限界での開帳となった。おそらく本所のほぼ倍だ。

結果として、うごめく人の数、熱気の総量としてはおそらく、満員御礼とはいかないが八分程度は入っていた。倍の広さで八分の入りなら今までよりも客は多い。

それにしては、

「前よりはいい。前よりはたしかにいいが。なあ、伝蔵」

「……いいんでしょうか、ねえ」

三左も伝蔵も、はたから見れば喜んでいい様子にもかかわらず、言葉の歯切れはめ

っぽう悪かった。

なぜなら、今まで見たことのない商家の主風の男、身なりのいい大身の旗本かどこその藩邸の陪臣《ばいしん》らも盆茣蓙《ぼんござ》を囲んではいるが、それよりも目につくのは前の賭場からの客だったからである。盆茣蓙の隅から菊乃の父である吉田孫左衛門も笑って頭を下げる。

「いやな予感がするな」

「しやすねえ」

伝蔵などは溜め息混じりであった。

三左は予感といったが、前の賭場のことを考えれば、予感は異様に現実味を帯びているというか、ほぼ的中だろう。

前の賭場も、最初の頃は金持ちが遊びに来てそれなりに儲かっていたのだ。今では毎月七の日の夜だけだが、昔は三の日の晩にも賭場が立てられたくらいである。

のちに、「場所が悪かった」とは伝蔵の言だが、たしかに本所南割下水は貧乏旗本や金無し御家人の巣窟《そうくつ》のような場所であった。

最初は面白半分に顔を出す程度であったそんな軽輩、微禄《びろく》者が、いつしか小遣い稼ぎに精を出すようになり、瞬く間に増殖し、日々の費《つい》えを稼ごうと必死になり始めて賭場は急にしみったれ、そうして金持ち連中が来なくなったのである。

新しい賭場はすでに、前の賭場をきれいになぞる感があった。

「半方ねえか。半方だ」

場の流れを取り仕切る中盆《なかぼん》の声は、客の数が多い分、たしかにいつもよりは気合いが入って聞こえるが、

「何度もいいたかぁねえが半方だ。半方が足りねえ」

と、実際には何度となくいっている。くどいほどだ。

金持ち連中の駒札が丁半に分かれれば問題はないが、何度とない勝負のうちにはどちらか一方に偏ることもある。そうなったときにもう一方を調《ととの》えるのは常連客、つまりは貧乏人達だ。二、三十枚の駒札を相手に、一枚二枚しか出さない連中の駒を揃えるのは中盆の腕の見せ所だが、どうしようもなく場はしらけ、歯切れはまったくよくなくなる。

「わかっているならなんとかせい」

伝蔵の向こう側から声が掛かった。そこが定席の次郎右衛門からであった。さらにその向こうに慇懃無礼が売り物の嘉平が控える。

次郎右衛門の前にだけは茶があった。嘉平が淹《い》れたものだ。当主である三左の前にはない。本当に、引越し翌日の梅湯までで嘉平の三左に対する祝いは終わっていた。

「なんとかせいったってご隠居。なんとかできるもんなら、前の賭場でもやってまさ

あ」

「それを教訓にせいといっておるのじゃ。初回からあきらめてどうする」

「教訓ったって、同じ連中じゃねえですかい」

「庭を売りにするのも手じゃな」

「夜ですぜ。見えねえでしょうに」

「篝火《かがりび》を焚《た》けばよい」

「ま、待ってくだせえ。悪《わり》い考えじゃねえが、こんな広い庭を照らすってな、どんだけ掛かるかおわかりですかい。薪《まき》ざっぽうだって馬鹿にならねえ。どうせあっしの持ち出しでしょうに」

「じゃが、悪い考えではないといったな」

「えっ。い、いや、いいやしたが、いいやしたけどですね」

次郎右衛門の向こうで嘉平がうんうんと頷く。

伝蔵は渋い顔で黙り込んだ。なにをいってもいい負かされることは目に見えていたし、若い時分にぶちのめされて以来、伝蔵は次郎右衛門に頭が上がらないのだ。

伝蔵が黙ったことを応諾《おうだく》と受け取ってかそれ以上かさにかからず、次郎右衛門は身を乗り出して三左にも目を向けた。

「おぬしも考えよ。せめて所場代の分くらいはな」

「けっ。冗談じゃねえや」

雀の涙、場末の茶屋で酒の二本も呑んだら終わりの所場代でなにを考えろというのだろう。

「冗談だと思っとると、いつの間にか所場代は減るぞ」

次郎右衛門の目が三日月のようにひん曲がった。不気味だ。

「なんで減るんだ。前の賭場と同じになったって、それ止まりだろうに」

「馬鹿じゃな。こちらは広い分、伝蔵んとこの子分が多いんじゃ。前と同じになるなら、前と同じというわけにはいかんじゃろうが」

「…………」

わかったような、わからないような。理屈はわかるが、場末の酒を一本減らしたとてなんの足しになるものでもないだろうに。

ただ、次郎右衛門はやるといったらやる爺さんである。

「……考えりゃあ、いいんだろ」

三左は折れるしかなかった。伝蔵にはなんの足しになるかわからないが、三左には大事な一本である。

「初めからそう申せ」

次郎右衛門は当然のことに受け、手前の湯飲みを取り上げた。

「ちっ」

いつものことだが、食えぬ爺さんである。

と――。

「ああっと。客人方、無粋《ぶすい》はお止《よ》しなせえ。ここぁ、みなさんに楽しく遊んでいただく場でござんす」

中盆の緊張を孕《はら》んだ声があがったのは、そのときであった。

二

盆茣蓙の方に目をやれば壺振《つぼふ》りの向こう側の、きれいに左右に分かれた辺りで大身とおぼしき髭侍と、大店の主風の小太りの男が立ち上がっていた。

小太りの方には、離れた壁際から二人の浪人者が血相を変えて寄ってくる。おそらくその男の用心棒だろう。

「おのれっ。もう止したがいいとはなんじゃ。町人に憐れみを受ける謂《い》われはないっ」

「憐れみではございません。失礼ですが、博打《ばくち》には不慣れなご様子。熱くなられるのもわかりますが、ほどほどを知らないと、一緒に盆茣蓙を囲んでるこっちまで息苦しくなるんですよ」

「ほざきおったなっ。町人の分際で！」

「ご忠告申し上げたんですがね。それに侍が偉いなんてのは、はるか遠い昔の話でしように」

髭侍はこめかみに青筋を立てて怒鳴り、小太りは目を据《す》えて平然と答えた。多少酔っているに違いない。小太りの目は酔眼というやつだ。

諸方からそうだそうだとも、舐《な》められるなとも声が掛かる。

三左も伝蔵も、次郎右衛門も嘉平もすぐには動かなかった。

ようするに賭場に付き物の喧嘩である。

「爺さん。どうする」

三左は茫《ぼう》と喧嘩の成り行きをながめながら次郎右衛門に声を掛けた。盆茣蓙の周りから客達が、目にばかり興味の光を灯《とも》しながら離れ始めていた。

「なにが」

ずずっと茶を啜る音がした。

「なにがって、仲立ちをさ」

「誰が」

「…………」

とは、次郎右衛門にはまったく出る気がないということである。

「働け働け」

冗談ではない。

「おい、伝蔵」

「へ、へい」

伝蔵の声は、警戒していた。

「一分でどうだ」

ああやっぱりと伝蔵が呟き、次郎右衛門の向こうから、またそんなみみっちいところから始めてという嘉平の聞こえよがしの声があがったが一切を気にしない。気にしていては三左の懐は風が吹き抜けるばかりなのだ。

「ご隠居様ぁ」

伝蔵は助けを求めたが、次郎右衛門は茶を啜るばかりで素知らぬ顔であった。

「一朱っ」

細かいところに決意みなぎる伝蔵の声であった。

「三朱」

「一朱っ」

手強《てごわ》い。

「二朱」

「一朱っ」

　その間にも盆茣蓙の周りから、客だけでなく壺振りやら中盆までもが離れ始めた。髭侍がお付きの小者を呼んで刀を手にし、小太りが用心棒の背に隠れる。一触即発は、間近である。

「一朱っていったら一朱っ」

　伝蔵が繰り返し、それで三左の負けであった。だいたいこういう場面に一朱が高いのか安いのかも三左にはよくわかっていない。

「ちっ。仕方ねえ」

　三左は佩刀を左手にやおら立ち上がり、首を回しながら盆茣蓙の方に向かった。

「おいおい。お前ぇら、周りの衆が迷惑してるじゃねえか。揉め事なら、表に出てやってくんねえかな」

「なんだぁ」

　最初に反応したのは髭侍であった。

「おぬし、賭場の用心棒か」

「馬鹿にするな。俺ぁこの屋敷の」

　主だと胸を張れば髭侍も小太りもふんと鼻で笑った。

「ふっふっ。そんな見え透いた嘘をつかずとも。これほど立派な屋敷の主にしては、あまりに貫禄がなさ過ぎましょうよ」

用心棒の後ろで小太りが笑う。

「なにが嘘だっ」

譲れることと譲れないことがある。

「なあ。伝蔵、なにかいってやれ」

三左は背後に同意を求めた。

しかし、伝蔵は三左と次郎右衛門を交互に見遣《みや》るだけでなにもいわず、次郎右衛門は次郎右衛門で茶を飲むだけで、嘉平などは渋い顔で三左に対し首をかしげる。

「ほれ見たことか」

髭侍が勝ち誇ったようにして口元を歪《ゆが》めた。

「……まあ、なんだ」

三左は頭を掻いて言葉を濁した。

「そんなこたぁどうでもいいや」

このさい、譲れぬ話も譲ることにする。拘泥《こうでい》しては物事が先に進まない。

「で、出てくのかい、出てかねえのかい」

三左は盆莫蓙の手前で、刀を腰に落として右足を差した。目に爛《らん》とした光を灯す。

「用心棒風情《ふぜい》が、偉そうだな」

髭侍がかすかに気色《けしき》ばんだ。

「出ていかぬ、と申したら」

「ふん。簡単なことだ」

三左は突き付けるような視線を小太りにも送った。二人の用心棒の間から、おそらく怒気が返ってきた。

「賭場荒らしとして、ぶちのめすだけのことだぜえ」

言葉の終《しま》いに刃《やいば》の唸《うな》りが重なった。髭侍の抜き撃ちであった。

「あぁっ」

伝蔵の悲鳴が響き渡る。三左がつなぎの盆茣蓙を一枚、敷き板ごと爪先で蹴り上げたからだ。

髭侍の一刀がそれを真っ二つにする。

「もったいねえっ」

「けちなことというなっ」

盆茣蓙の向こうに髭侍が一瞬隠れる隙に、三左は音もなく斜めに茣蓙を飛び越える。

目の前には小太りの用心棒の間抜け面が並んでいた。

「ぐむっ」

虚を突かれて固まる用心棒の脾腹《ひばら》に鞘ごと佩刀を滑らせて柄頭《つかがしら》を突き込み、もう一人を力任せに蹴り倒す。

「ぶぉっ」

一人は身体をくの字に折ってその場に崩れ、もう一人は取り巻く客らの中に勢いよく転がった。避けようとして近場の客らが右往左往し始める。

(あっ。いけねえ)

と思ったがもう遅い。

(ま、いいか)

一人納得する。前より広い賭場とはいえ、大通りでもなければ火除《ひよ》け地でもない。ささやかな広さで人が動けば、当然弊害《へいがい》は出るものだ。

「あっ、痛ぇ。なにしやがんだ」

「儂《わし》ではない。ふざけるなっ」

「手前ぇ、足踏みやがったな」

「べらぼうめ。物を投げんじゃねえっ」

「これ、おやめなさい。あ、痛っ。この野郎っ！」

「これっ。今、それがしの懐に手を入れたのは誰じゃ」

騒然とする賭場の芯に立つのは、三左と髭侍と小太りである。このうち小太りは頼みの用心棒を失ってものの数ではない。すでに青い顔でへたり込んでいる。

三左は凄みのある笑みを髭侍に向けた。

「大層な騒ぎになっちまった。代償は高《たけ》ぇぜえ」

「知るか。おぬしのせいであろうがっ」

吼えながら剣尖《けんせん》を青眼《せいがん》に上げる。怒声罵声渦巻く中に髭侍の剣気が濃く流れ始めた。殺気混じりである。本気ということだろう。

三左は笑みを消し、目を半眼に落とした。

「いいのかい。遊びじゃなくなるが」

「もとよりっ」

髭侍が姿勢を低くする。突く気なのだろう。建家内では常道である。悪くはない。悪くはないが、

「だいたい、こんなとこで長《なげ》ぇ刀抜くってのがそもそもなってねぇんだな。一対一の場じゃねえんだぜえ」

髭侍の目が揺れた。揺れは動揺である。動揺は虚から迂闊《うかつ》を引き出す。

「問答無用！」

案の定、髭侍は板間を大きく鳴らして突き入れてきた。剣尖にぶれなく、伸びのある突きであった。

だが、素早く左右に目を走らせただけで三左は動かなかった。いや、動く必要を感じなかったのである。

「痛てて っ」

近くで揉み合っていた職人風の男らのうちの一人が、殴られた拍子に髭侍の方に飛んできたのである。それもちょうど、燭《しょく》の明かりを撥《は》ねつつ大気を裂く、髭侍の白刃の横合いから。

「おわっ」

横っ腹から刃を巻き込まれ、髭侍は体勢を崩して肩から板間に倒れ込んだ。

足下《あしもと》に転がってくる刀を、労せずして三左は取り上げた。

「新刀か。また高そうな刀だ」

前後左右をたしかめ、三左は新刀を斜《しゃ》に引いて腰を沈めた。髭侍がよろよろと起き上がってくる。

「むっ」

一瞬の発気で燭光さえ糸を引くような一閃が三左の腰元から伸び上がる。唸りは実に軽やかだ。

立ち上がり、髭侍はその場に身を固着させた。感覚からするなら、きっと脇腹から肩口にかけて両断されたと思ったかも知れない。

待つ間もなく髭侍の袴が落ち、ついで斬り割られた腹回りから財布が落ちて板間に重そうな音を立てた。

慌てて髭侍が身を屈《かが》める。袴そっちのけでまず財布に手を出そうとするが、その動きは刃を上向きにして突き出した、本人の刀によって三左が封じた。

そうして足を伸ばし、髭侍の財布を伝蔵に向けて蹴る。

「伝蔵。収支だ」

「へ、へい」

「この騒ぎならそうだな、今日の揚がりの倍ってとこか」

「冗談じゃねえ。相変わらず金勘定が上手《うま》くねえ」

「なら三倍」

「わっかりやした！」

嬉々《きき》として伝蔵が財布に寄り、中から小判を三枚、四枚と抜いていく。

動けず見るだけの髭侍が、覇気をなくして急にしぼんでゆくようだ。

「だから、高ぇもんにつくっていったろう」

刀を髭侍の前に放り、三左は辺りを見回した。

そこここで、殴り合い取っ組み合いが飽きもせずに続いていた。

「さあて」

揉み手で三左は声を張った。

「おぉい。誰か手助けして欲しい奴はいるかぁ。百文で引き受けるぞ」

後ろから三左になにかが飛んできてぶち当たる。

「痛ってぇ」

次郎右衛門の煙管であった。

「悠長にしている場合か。屋敷が壊れるだろうに。まあどっちみち、なにかあったときの修繕はおぬし持ちじゃがな」

「あっ」

いわれればそうだ。自分の屋敷である。三左はあわてて騒ぎの中に飛び込んだ。

それをながめ、次郎右衛門はゆっくりと湯飲みを板間に置いた。

「さて嘉平。しばらくかかりそうじゃ」

「そのようで」

「ならばその間、奥で庭でも愛《め》でるとしようかの」

「そう致しましょう」

三左の必死をよそに、次郎右衛門主従が賭場を離れる。

「手前ぇら、止めねえかっ！」

大騒ぎの中から三左の声が突き抜け、むなしく辺りに響き渡った。

三

それから二日後、四月晦日《みそか》の夜である。

結局あの夜の損害は障子一枚に襖が二枚、畳が五畳すり切れ、床板に三カ所割れが入った。内藤家というか、三左の懐具合にしては甚大である。

が、幸いにして大立ち回りを演じる一人に、以前喧嘩の仲立ちを頼まれたことがある大工の棟梁《とうりよう》を見つけ、修繕のすべてを請け負わせた。荒くれの大工はなにかと揉め事が多い。で、なにかあったときに助ける、から交渉を始めて三回分で折り合いがついた。

最初は渋っていた棟梁も、本当に渋っていたのかどうか。すぐさま一緒に遊びに来ていた経師屋《きようじ》や畳屋に始末の大半をおっかぶせたようだ。商人だけでなく昨今は職人も世知辛い。損得からいえばどうも割に合わない気もするが、考えないことにする。考えてもよくわからない。

なんにせよそれで三左は事なきを得たが、教訓としては、

〈野放図に暴れると損をする〉

ということだろう。

三左はこの夜、久し振りに真新しい畳の匂いを嗅《か》ぎながら眠りに就いた。

どうせ賭場にしか使わない無駄に広い表に新物の畳はもったいないと、次郎右衛門が寝間の古畳を賭場の畳に使い、新しい方は奥と替えるよう、この日の昼間に来た畳屋に話した。というか、ごねた。

結果、二枚ずつが次郎右衛門と嘉平の寝間に回され、おこぼれの一枚が三左の寝床の真下に入った。

一枚でも、藺草《いぐさ》の匂いはいいものだ。文句をいってはいけない。文句をいえば一枚すら来ない。穏やかな眠りもやってこない。

で、満ち足りた気分で寝床に入るが、ちょうどうとうとし始めた頃、寝入りばなの神経を逆撫《さかな》でするような雑な気配があった。

庭を誰かがうろついているようである。

こういう場合、気付いたとて次郎右衛門がなにかすることは有り得ない。用人とは名ばかりの嘉平もなにもしない。単純な引き算で三左の役回りとなる。

（ああ、面倒臭ぇ）

やおら、三左は布団の上に身を起こした。

夜盗だとしても、どうせ取られるものなど有りはしない。が、だからといって狸寝《たぬき》入りを決め込めば、次郎右衛門と嘉平が枕元に立って白い目を向けるのだ。

──眠れんぞ。なんとかしてこい。

──左様で。

ふざけるなと声を荒らげても、当主の役目だと爺さん二人は口を揃える。そんなことが本所の頃から四、五度はあった。野良犬迷い猫のたぐいまで数えれば両手両足の指でも足りないくらいだ。

布団に身を起こしはしたが、すぐには立たない。多少の発気《はっき》で気配を流す。次郎右衛門と嘉平に知らせる意味もあり、外にわからせる意味もある。

夜陰に紛《まぎ》れて物盗《と》りをしようという輩《やから》なら、そういった気配に敏感だろう。あきらめて去るなら去るでよし。わざわざ寝床を離れることもなく、なにもなかったことにできる。

しかし。

外の者に立ち去る気配はなかった。相変わらずごそごそとなにかをやっているようだ。

それればかりか、

「痛っ」

晦日の夜は暗い。あろうことか、庭石かなにかにつまずいたようで、押し殺してはいたが声まで出した。夜盗だとしたら、相当な阿呆だ。

三左の寝間よりさらに奥から、かすかな咳《せき》払いが聞こえた。次郎右衛門だ。

「ちっ」

仕方なく刀を左手に提げ、三左は濡れ縁に向かう障子を音もなく引き開けた。

屋内は真闇であったが三左は夜目が利《き》く。閉ざした蔀戸《しとみど》の一部、板目の節が外れたのだろうところから、かすかな外光も帯のごとく見て取れた。

明日になったら塞《ふさ》ぐかなどといらぬことも考えつつ、三左は蔀戸を壊さぬように蹴破って庭に躍り出た。

気配の元は飛び出して左方と当たりはついていた。

「ひぇっ」

隠し立てもせぬ悲鳴が上がった。

闖入《ちんにゅう》者はこちらに尻を向ける形で、なぜか手近な植え込みに向かって四つんばいの姿勢であった。かろうじて男であることだけはわかった。

「人ん家の庭《ち》で、なにしてやがるっ」

髷《まげ》でも飛ばしてやろうかと三左は佩刀の鯉口を切った。

首をすくめながら男がこちらを向くのと、三左が抜き撃ちの一閃を始動させるのはほぼ同時であった。いや、厳密にいえば三左の始動がやや遅れた。

それが、この場合は幸いであった。

「あっ」

驚きの声はこれこそ闖入者と三左、揃って同時であった。

「くっ」

鞘走った一刀を手首の力だけで強引にひねれば、三左の一刀は唸りを上げつつかろうじて男の頭頂三寸のところを走り抜けた。

ふうと息をつく三左の腕にはかすかな手応えがあったが、毛筋何本かは仕方のないところだろう。男の髷は、とりあえず多少乱れただけで頭頂に残った。

「お前ぇ、こんなとこでなにしてんだ」

男はなんと先だって出会ったばかりの若者、下川草助であった。

「はぁ……そうだったのですか。この屋敷の新しい住人とは、内藤さんのことだったんですか」

「誰の屋敷か知らねえで入ってきたんかい」

「庭木の具合が、どうしても気になったものですから」

話が嚙《か》み合っているようで嚙み合っていない。

「……まあ、なんてえかな」

三左は刀を鞘に納め、頭を掻いた。

「こんなところで話もなんだ。上がれ」

先に立って歩き出す。

屋内には、すでに嘉平が灯したのだろう火が入り、次郎右衛門と二人の影が浮かんでいた。

「ああ。蔀戸は直しとけよ」

ではお言葉に甘えましてと、場に合うような合わぬような答えが返る。

流れではあろうがこうして闖入者は、なぜか深夜の客に格上げとなった。


座敷に上げられた草助は膝を揃え、身を縮こめながらも、嘉平が淹れた茶を口に運び運びしながら深夜の不作法について理由を話し始めた。当然ながら次郎右衛門と嘉平には茶があり三左にはなかったが、文句をいっては草助の話を止めることになるから三左は黙っておいた。

聞けばなんと、内藤家が明屋敷番として住まうことになったこの屋敷は、そもそも今は亡き草助の父、下川武平が田沼《たぬま》時代に、時の老中である田沼意次直々《おきつぐじきじき》の声掛かりで拝領した屋敷だったという。

「なるほどのう」

次郎右衛門が膝を打った。意味はなんとなく三左にもわかった。植伝、林伝兵衛に武平の役柄について聞いていたからだ。

「輝くほどの才をお持ちの方だったのじゃろうな。その才は、この屋の庭にも見事に表されておる」

「ありがとうございます」

草助は満面の笑みで頷いた。

「父は私の、誇りでございました」

つまりは、そういうことだ。

下川武平は作事方庭作、世襲持高勤めの三百俵十人扶持である。幕府造園の総責任者とはいえ、家禄からいえば広すぎる、どころではないほど広大な屋敷である。

武平は作庭に老中直々の声が掛かるほど、またこれだけの屋敷を拝領するほどの、才能に恵まれた男であったのだ。

「この屋敷の庭も、父が一から手を入れた渾身の庭でございます。この庭で妙を得た造作は、当然御城にも活《い》かされます。そのため、身にそぐわぬ広さでも父は受けて住むことにしたのです。ははっ。そういう意味では、庭しか目に入らぬ父でした。庭馬鹿とでも申しましょうか」

「ほう。庭馬鹿か」

「はい。それが……」

草助は少し躊躇《ためら》い、茶をひと口含んだ。

自慢であった武平はほぼ一年前、御城からの遅い帰り道で何者かに闇討《やみう》ちされ、非業の死を遂げたのだという。

「ちょうど梅雨真っ盛りの、篠突《しのつ》く雨の夜にございました。四十六歳は、きっとまだまだやり残したことが多かったに違いありません。その無念を、残念を思うと……」

わずかながらに草助は肩を震わせた。次郎右衛門も嘉平も目を逸《そ》らせ、黙って湯飲みを取り上げる。くどいようだが、三左の前にはなにもない。こうなると空でもいい。男の涙を見ぬ振りの、小道具として欲しかったところだ。

「あとで聞けば、おそらく苦しむことはなかっただろうということだけが、せめてもの救いだったでしょうか」

武平の死は、背中からのひと太刀《たち》であったらしい。相手の腕が相当に立つという証左でもあるが、武士の世界は窮屈だ。士道不覚悟ということで家名は断絶となり、武平の妻と一人息子である草助は、涙の乾く間もなく屋敷から追われたという。

下川武平の死は、結局なにもわからぬままお蔵入りとなったようだ。懐中を探られた様子も盗られた物もなにもなかったのが大いに不審ではあったが、手掛かりもまた、なに一つなかったらしい。

それから草助は母美雪《みゆき》と二人、植伝の口利きでこの屋敷にほど近い浅草、福井町《ふくいちよう》二丁目の裏店《うらだな》に移り住むようになったという。

福井町二丁目は、走れば味噌汁の冷めぬほどの近さだ。実際走ればほとんどこぼれるだろうが。

「で、お父上の庭に愛着、ということかの」

「それもたしかにあります。けれどそれだけではなく、人様の屋敷とは重々承知でしたが、これは父との違《たが》うべからざる約束なのです」

「ほう。約束とな」

もし儂の身になにかあっても、一年は庭の手入れを頼むと、死の少し前に武平は草助を呼んでそういったらしい。

「意味はわかりません。新たに植えた庭木が落ち着くまでということなのか、四季ひと巡りを通じて手を入れることで、私にもっと覚えよということなのか」

ふうむと唸って次郎右衛門は腕を組んだ。

「なんだい。じゃあこの一年、おんなじように忍び込んでたんかい」

三左の問いに草助は緩く首を振る。

「いえ。ここは、内藤さんが入られるまでは本当の明屋敷だったのです」

あっちへこっちへと拝領屋敷替えは頻繁《ひんぱん》にある。中にはたしかに見回るだけの屋敷もあれば、捨て置きの屋敷もあった。この屋敷は、見回るだけの屋敷であったという。

「それを、伝手《つて》を辿《たど》ったとかで父と同じ作事方庭作であられた横内孫兵衛《よこうちまごべえ》様が、明屋敷番の番頭に話をして下さり、内藤さん達が来られるまでは三日にあげずに入っていたのです」

近くに住んでいるのには、ただの名残というだけでなく、そういうわけもあったようだ。

「もう一人の庭作ならば、たしか五十俵十人扶持じゃったかな。お父上の右腕のような者か」

しばらく黙っていた次郎右衛門が口を開く。伊達《だて》に長く生きているわけではない。こういうことは三左よりはるかによく知っている。

「はい。父亡き後も私達親子のことを、親身になってなにくれとなく考えて下さいます。この屋敷に人が入ったと知らせて下さったのも横内様でした」

新たな住み人が急に決まり、しかも急に入ったとは、草助にとって青天の霹靂《へきれき》であったらしい。

「そりゃあそうだろう」

主の三左にしてからが寝耳に水の出来事であったのだ。

「それも今回は御普請奉行様直々の声掛かりだとかで、明屋敷番の組頭ではなんともならないと」

「普請奉行直々。まあ、たしかに直々ではあったたな」

三左の脳裏で狸が手を振った。

「それで、申し訳ないとは知りながらも、我慢ならず」

草助はあらためて三左らの前に頭を下げた。

「加えては重々不躾《ぶしつけ》不作法とは存じますが、もしお許し願えるならば、今後こちらの庭の手入れは私にさせていただけませんでしょうか」

なるほど唐突にして、夜中に忍び込んで捕まった者の言葉としては不躾不作法といえうか、この男も父に劣らぬ庭馬鹿か。

「ふうむ」

三左がもったいを付けるように考え込む仕草をすると、

「よいではないか」

横合いからあっさり次郎右衛門が承諾した。

「えっ。よろしいのですか」

草助が顔を上げて喜びの声を上げる。

「いや、ちょっと待っ」

「よいに決まっとる。この嘉平とも話しておったところじゃ。これほどの庭は、儂ら素人では手に負えんとな」

ちょっと待った、俺が当主だといおうとした三左の言葉は、次郎右衛門の快諾に掻き消された。

「ええ。左様でございます。ちょうど、さてどうしたらと頭を悩ませ始めたところでございました」

「おい、ちょっ」

「もともと手を入れていたおぬしに見てもらえるなら、大いに助かる。のう、嘉平」

「ええ。本職の庭師、それも植伝辺りから職人を入れようものなら、たいそうな手入れ代も掛かりましょうし」

「いや、おい、ちょっ」

「はい。修業のつもりもありますし、ご無理は申しません。それと、季節の草木くらいは多少仕入れさせて頂きますが、それもなんでしたら植伝に直《じか》で構いません」

「だから、ちょっ」

「なら、頼むとしようかの」

「あ、ありがとうございます」

「………」

三左は言葉を溜め息に変えた。

草助の申し出をはねつける気は端《はな》からなかったが、なにか勝手に話が決まった気がする。が、流れのうちにおそらく、無償、ということも決まっている。こういうことにこの爺さん二人は恐ろしく手練《てだ》れだ。これ以上突っ込めば、きっと落とし所は三左がなにがしかを支払わなければならぬということになるだろう。

三左はただ、静かに身を退《ひ》いた。

こうしてこの夜から、下川草助は内藤屋敷への出入りを許されたのであった。

四

この翌日、三左は暮れ六つと決めて八丁堀の大塚右門をみよしに呼び出した。呼びに舟を出させたのは、みよしの若い船頭である。見習いといってもいい。だから便利なのだ。

小舟町から八丁堀までは舟が一番早い。といって、本職の船頭を使うとなったら当然ただではすまない。もとより三左はみよしに、終わることのないつけを溜めている身だ。

右門をと頼んでおつたが文句をいわないのは見習いだからだ。空舟で呼びに行くのも修業、乗せて帰ってくるのも修業である。

舟のとき、右門は決まって青い顔をしてやってくる。見習いの舟はやけに揺れるからだ。それをおつたもきちんと見ている。修業とはいえ、それだけで出すおつたでもない。甘いことばかりでは務まらない、おつたは船宿の女将なのである。

右門が平然として舟から下りるようになったら、見習いは一人前へと格上げになる。客を乗せられるようになるということだ。

格上げになると当然のごとく金を取られる。金を取られるなら三左には使えない。別の見習いがいればそいつに任せるが、いないからといって別に困りもしない。そういうときは舟を使わなければいいのだ。時間は掛かるが、近場で伝蔵のところの三下《さんした》でもつかまえて走らせればいいだけの話だ。

で、結論からいって右門は舟のときは、決まって青い顔でしかやってこられない、となる。

もっとも、本人はこのことを知らない。たいがいの舟はそういうものだと思っているらしい。三十俵二人扶持の八丁堀同心では、公用にしろ私用にしろ舟を使うことなど滅多にない。だから、右門は舟があまり好きではないという。舟に乗るのは三左が呼び出しに使うときくらいだ。

「なにか、ありましたか」

二階座敷に入ってくるなり、尻から落ちるように座って右門が目を瞬いた。身体が左右に揺れていた。

ちなみに、呼んだ方の払いとは右門との暗黙の了解である。だから今回は三左だ。

原資は賭場の夜、伝蔵から受けた一朱。それ以上は振っても出ない。

ただ、料理はだいたいがその日揚がりの時価相場だ。支払いがどうなるのかはわからない。といって一朱までと上限を仕切る野暮を三左はしない。ここら辺は金に頓着しないからいつも鷹揚《おうよう》だ。で、減らぬつけにまた上乗せがつくこととなる。

「まあ、呑めよ」

三左は銚子を差し出した。

「ええ。どんどんいただきますよ」

気心が知れた仲といえばそれまでだが、舟で呼んだとき、右門はいつも以上に遠慮会釈《えしゃく》がない。酒に酔わなければ舟酔いが治まらないのである。

五月朔日《ついたち》。梅雨の入りにしてはまずまずの、穏やかな一日であった。

しばらくは三左も右門に合わせ、取り留めのない話をしながらちびちびと呑んだ。少なくとも、右門が落ち着かないと話にならないのだ。

青豌豆《あおえんどう》の煮豆、鱚《きす》の紫蘇焼きと旬の料理をおつたが運ぶが、とりあえず見向きもせず右門はまず酒一辺倒だ。

ようやく話をしよう頃には、全ての料理を出し終えたおつたが三左の隣に座っていた。いつもどおり目を輝かせ、興味津々の態《てい》である。三左と右門が揃えば、なにかがあるとわかってのことだ。

おつたの着物は次郎右衛門がかつて買ったという市松染めであった。この夜、三左がみよしに上がったときは違ったから着替えたようだ。頂き物に対する礼儀かあるいは、よほど嬉しかったに違いない。なるほどそういうものかと思いはするが、買ってやろうにもそんな金はないし、いくらするものなのかを三左は知らない。

「さて、聞きましょうか」

右門がつまんだ煮豆を口中に放り込んで切り出した。

「ん？　おお、まあ大してよくわかってのことじゃねえんだが」

三左は酒杯を口に運んだ。

言葉どおり、大してなにがという話ではない。ただこの朝、三左は次郎右衛門に枕を蹴られて起こされた。

「特にすることとてないのなら、大塚の倅《せがれ》と会ってきたらどうじゃ」

右門の父、大塚重兵衛はかつて次郎右衛門の弟子であった。その縁で伝蔵が二足の草鞋を履くことにもなったほどであるから、次郎右衛門は右門に気安い。

「なんだい。会ってどうしろって」

「おぬし、気にならんのか」

「なにが」

「下川さんのことじゃ。背中からとはいえ、ひと太刀じゃぞ。しかも物盗りではなく、手掛かりもなにもないという。ならばどうして、下川武平は斬られたんかの」

三左は天井を見上げた。寝起きの頭はすぐには回らない。

「遺恨にしろなんにしろ、倅にも庭馬鹿といわれるほど無骨な男じゃぞ。斬られねばならんとはどれほどのわけじゃ。背からひと太刀の手練れが刀を抜くのも、同じじゃ」

立て板に水の次郎右衛門の言葉が、三左の頭の中をぐるぐる回る。朝っぱらからやめて欲しいとは思うが、いえない。きっと向こうはもう、朝餉もすませているに違いない。

「と、おぬしは気にならんか」

ならんかといわれればならんわけでもないが、それにしても、

「もう一年も前のことだぞ。今さらほじくり返してもなあ」

「だから大塚の倅に会ってこいといっておる。おぬし一人になにができようなどとは、端から思っておらんわ」

次郎右衛門は、開け放した障子の外に庭をながめて目を細めた。

「儂はな、返す返すも、これほどの庭を調える男の死がな、もったいのうて仕方ないんじゃ」

やけにしんみりといわれ、三左はなにも返せなかった。

と、ここまでが今朝方の次郎右衛門との遣り取りである。三左は盃を重ねながら、下川草助とのことも踏まえつつあらましを語った。全てを話し終える頃には、まず酒であった右門もあらかたの料理を片付けていた。

「てな話なんだがな」

「ふうむ。不審といえばたしかに不審ですね。ですが、そのくらいの不審なら掃いて捨てるほどある、ともいえますが」

「なんかまた、無駄足っぽい」

おつたが口を挟む。大正解、のような気が三左にもする。

「ただな、なにもしねえと、俺ぁ毎朝爺さんに枕を蹴られることになる」

「それもいやですね。わかりました。とりあえずは、評定所の方から当たってみましょうか」

この辺は阿吽の呼吸である。三左と右門は持ちつ持たれつ、助けつ助けられつの間柄である。

「おう。そうしてくれると助かる」

「それにしても一年近くも前じゃあ、さすがにどんなものか」

「だろうな」

「まあ、なにか出ればめっけ物、なくて当たり前と思ってもらった方が」

「わかってるよ、そんなこたあ」

三左は手元の酒杯をあおるようにして空けた。わかっていても、溜め息が出る。

「なあ、右門。これぁ、きっと金にはならねえだろうなあ」

「そうですね。なると思う方がおかしいでしょうね」

「せめて今日の呑み代ぐれえ、なんとかならねえもんかなあ」

「ならないでしょうね」

「……冷たくねえか、おい」

「それが実際のところなんだから仕方ないでしょう」

「でも二人とも。無駄は無駄でもいいから、危なっかしいことには首を突っ込まないでね。怪我でもしたらそれこそ、無駄どころではないですよ」

最後はおつたの言葉である。優しげではあるが、聞きようによっては実に切ない。

出窓の外でささやかな音がした。

「お、雨かい」

どうやら梅雨が始まったようである。

五

下川草助は、それから二日に一度は内藤家にやって来てくだんの庭をいじった。

それがまた、不思議なのである。

水を撒《ま》いたり肥料をやったりするのは当たり前のこと、三左でもできる。だが、枝葉の剪定《せんてい》や草花の加減は、次郎右衛門も嘉平も無理だというからきっと無理なのだろう。

それを草助はきっちりとしてのける。縁側で見る限りにも、なるほどこれはきっと無理だと三左にも納得できるほどだ。

なにがどうとはわからないが、それまで庭のどこかにうずくまってごそごそやっていた草助が急に築山の頂に走り現れ、腕を組んで全体を俯瞰《ふかん》し、ふうむと唸ってまた走り出せばたしかに庭のなにかが、ほんの薄皮を剝《は》ぐようにではあったが変わるのである。

それも悪い方にではない。庭全体としての輝きを増す方にである。

「やはり、餅《もち》は餅屋じゃの」

と、一緒になってながめる次郎右衛門も満足そうであるし、

「なるほど。あそこの枝を、あのくらいの触りで。なるほど。剪定は大胆と繊細。なるほどなるほど」

　などと嘉平も頷くことしきりであった。

　来れば草助は、日がな一日庭にいた。ときに楽しげに、ときに苦しげに、ときに愛《いと》おしげに、総じて全身全霊という言葉でしかいい表せないほどの情熱をもって庭に対した。

　父を追うか父に挑むかは知らず、少なくとも黙りこくって庭をにらむときの草助には、声すら掛けがたい抜き身のような気迫があった。

　作庭、造園というものをあらためて思う。

「三左よ。よう見ておけ。剣同様に、園丁には園丁の高みがあろうと申すもの。目指す者の気魂《きこん》はみな同じ。技量の高低は儂にもわからんが、あの者の一心不乱振りは、見とっていっそ清々《すがすが》しいわい」

　次郎右衛門にいわれるまでもない。

「左様でございますなあ」

　嘉平に納得されるまでもない。

　そんなことくらいは三左だとてわかる。わかるほどに、草助は庭と向き合っていた。

　たとえば、なんとなく我が身に照らして気が引け、手ずから茶など運んでやったときのことである。

そのとき、草助は一番手近な植え込みでなにかを食っていた。

「おい草助。なんだ、なんかの実でもなったか」

「いえ」

「ならなんだ」

「これです」

草助が差し出したのは、土であった。

「……これってな、なんだ」

矯《た》めつ眇《すが》めつしたが、どこから見てもただの土である。なにがしかの種、実、虫のたぐいさえ見当たらない。

「だから土です」

あっさりそのままで正しかったようだが、それはそれでわからぬ答えだ。

「……美味いのか」

「ははっ。美味いかと聞かれればそうでもないですけどね。少なくとも飯のおかずにはなりませんから」

草助はいいながら、いきなり土を口にした。そうしてから目を閉じ、吟味するように口を動かす。

三左は唖然《あぜん》としてただ見るしかなかった。

しばらく咀嚼《そしゃく》し、次に目を開いたとき、

「うん。いい味だ」

草助は満足げにうなずいた。

「常に土はまろやかに。そうして生《な》るは生るに、咲くは咲くにまかせるのが大自然の理《ことわり》だと、常々父はいっていました。この植え込みの土は、上々です」

そんなものかと、後でこっそり三左も口にしてみたが、ただじゃりじゃりとするだけで味も素《そ》っ気《け》もあったものではなかった。それをいい味だと断言できるだけでも、草助には一目も二目も置かざるを得ない。

他にも、風に折れ萎《しぼ》んだ花に涙する場面では、

「天の道に従うのが生き物の則《のり》とは知っています。けれど、やはり命の終《しま》いは悲しい」

と涙を流し、

「天の怒りと慈悲。できれば慈悲を過分に、なんとか取り込めないものでしょうか」

などと呟いて天をにらむ。

その姿はまるで孤高の剣聖、至高の僧侶のようなものである。求道《ぐどう》もこうなってくると三左にも、おそらく次郎右衛門にも見当もつかない。なにしろ三左も次郎右衛門

も、いえば互いに文句はあるだろうが、世俗にまみれた俗物である。

そのうちには、

「あれだな。あやつがそこここで揉め事を起こすと申すのもわからんではないな。あやつの庭馬鹿振りも筋金入りじゃ」

と、あれほど草助を買っていた次郎右衛門までがいい出す始末であった。

嘉平などは、見様見真似《みまね》に松葉をもぎってえらい怒鳴られようである。

「殿、金輪際《こんりんざい》私は触りませんから。そのおつもりで」

とばっちりは三左に回ったが、嘉平を怒鳴ることの出来る者などそうざらにはいない。甘んじて聞き、三左は内心で舌を出した。

なんにしても、流れではあろうが内藤家の庭は内藤家の者であっても触ることのできぬ、数度の手入れにしてはや、下川草助の庭であった。

夕刻になって草助は内藤家を辞した。

明日は賭場がどうの、だから明後日は屋敷に人がいるのいないのと、大殿と呼ばれる次郎右衛門と用人の嘉平がいっていたような気もするが、草助の耳にはあまり届かなかった。三左がそれに対し声を荒らげていたような気もするが、こちらは一言も入ってこない。なんにしても大した話ではないだろう。

辞去の挨拶までは虚勢を張ったが、屋敷を離れてからの草助の足下は少々覚束《おぼつか》なかった。足だけでなく全身が気怠《けだる》い。

疲労困憊《こんぱい》なのである。頭も使うが身体も使う仕事柄といえばそれまでだが、一人で庭木に対すると大抵こうなる。自在気随《きずい》はありがたいが、一人で全てをこなさなければならないとは同時に過酷をも意味するのだ。

しかも、今向き合わなければならないのは父との約であり、土から父と二人で作り上げてきた庭である。魂魄《こんぱく》を打ち込んでさえ、仕上げられるかどうかは定かでない。

「さて、築山向こうの躑躅《つつじ》をどうしようか」

陽が落ちかけてからの、躑躅の影の位置がどうしても気になった。

ひと株抜いてみようか、重なる枝を切ってみようか、それとも葉の何枚かを梳《す》けばいいのか。いや、そもそも今が天道に添う自然で、気にする己が理不尽なのか、人の傲慢《ごうまん》で庭の形をねじ曲げようとしているだけではないのか。

現場を離れても考えなければならぬことは幾らでもあった。優れた庭は、日々違う顔でなにがしかを草助に訴えてくる。帰ったとて終わりではないのだ。

一年を見よとの父の言葉が、間もなく一年という頃になって重くのし掛かってくる。やはり父は、四季を通して見ることを強いたのかも知れないと納得もできる。

辛《つら》いと思わないでもなかったが、それに倍する充足もあった。土に、草木に触れれば触れるほど、己にとって作庭は天職であると実感できた。

「さて、どうするか」

道に長く尾を引く己の影を見詰めつつ道を行く。上平右衛門町から福井町はたかだかの距離である。思索にふければ体感はさらに短い。

「おお。草助、今帰りか」

気がつけば、住まいがある長屋口に辿り着いていた。刻《とき》はすでに陽も落ちかけの黄昏《たそがれ》時であった。それさえ気付かなかった。

「あっと。これは」

声を掛けてきたのは父の同僚である横内孫兵衛であった。奥に向かって三軒目、草助の住まい方から大股で歩いてくる。

横内孫兵衛は小柄ではあるが、そろそろ四十になる今も全身に瘤《こぶ》のごとき肉をつけた、巌《いわお》のような男であった。庭馬鹿で気難しかった父でさえ生前、

——当節は職人といっても頼りない者が多くなってきた。敷石二枚で音を上げるようでは、横内の方がはるかに使える。

と職人を嘆きながら反面として認めたほどである。

顔つきもえらが張って浅黒く無骨に見えて、そのせいか未《いま》だ独り者だが、存外に人懐っこく笑う。だから仕事柄で絡《から》みのある連中は、なにかあるとまず武平ではなく孫

兵衛に相談したと聞く。それを武平に持ち上げ、甘んじて怒鳴られるのが儂の一番の仕事だとは、孫兵衛自身の言葉である。

「帰りがけに寄らせてもらった」

帰りがけと孫兵衛は笑うが、小石川《こいしかわ》の屋敷へは道がまったく違う。わざわざ遠回りしてくれているのだ。親切が身に染みる。草助にとって孫兵衛は、頼りになる叔父のような存在であった。

「美雪殿も息災でなにより」

草助の母美雪と孫兵衛は幼い頃、住まいが五軒と離れていなかったらしく、顔馴染みであったという。歳は美雪の方が二つばかり下だ。その縁もあり、孫兵衛も気安く草助の住まいを訪れる。

見知りの植木屋、職人の中には、

――草助さんよ。庭作様、ありゃあ、草助さんのお母上にきっとほの字だぜえ。見てりゃわからぁな。

などと揶揄《やゆ》する者もあったが、草助はそれならそれで構わないと思っていた。

草助は孫兵衛に全幅《ぜんぷく》の信頼を置いている。父亡き後の作事方庭作本役に加増を打診もされたらしいが、独り者には過分でござればと、固辞したと聞くのも理由の一つだ。

「今日依頼で入った大名家の下屋敷でな、頂戴物《ちょうだいもの》があったから届けておいた」

「はい。ありがとうございます」

「今日も父上の庭か」

「はい」

「どうじゃな」

「どうもなにも、考えること、考えさせられることばかりで」

孫兵衛は力強くうなずいて草助の肩を叩いた。

「父上は偉大な作庭家であられた。頑張れよ、草助。父上を継ぐにふさわしい力量がそなわれば、いずれお奉行様に下川家の再興を願ってやるからな」

草助はあいまいに笑って答えなかった。父の庭を知れば知るほど己の未熟、作庭の深さを知るばかりの今である。それに、他に考えることもある。

「また、寄らせてもらう。しっかり励め」

もう一度肩を叩き、孫兵衛が長屋口から出ていった。

草助はその背に一礼して見送った。

夜に入って闇は次第に濃くなり始めていた。

孫兵衛の姿は夜にとけ、すぐに見えなくなった。

第三章　老中来駕

一

　さて、明屋敷二回目の賭場は、梅雨五月七日のことである。風が強く、馬のいななきのような音を立てて江戸の町を鳴き渡る夜であった。

「なあ、伝蔵」

いつもの場所、胴元の脇で板壁に背を預けて三左は声を掛けた。力は滅法ない。

「なんですかい。三左の旦那」

こちらも同様だ。力がないというか、やる気もない。

「やっぱり、ってことだよな」

「……そのようで」

一拍二拍の間を置き、深い溜め息はほぼ同時だ。長さまで一緒である。

賭場が案の定、しみったれ始めていたとなれば仕方もないか。

賑わいは前回にも増してあった。風の音を打ち消してあまりあるほどの賑わいだ。

熱気もその分ある。人数だけでいけば一回目より明らかに増えているだろう。立ち見もいて、三左らの方からは中盆の背中も見えないくらいである。

実際、盆茣蓙の周りには空きの座などなく、客らはみな身体を斜めにして押し込み、互いに支え合っているようである。絶妙の均衡《きんこう》だ。きっと誰かが不意に抜けようとでもすれば、全員が一斉に横に転がるだろう。それはそれで面白い。

が、その前に、

「お、おい。すまねえが抜けさせてくれねえかい。小便ちびっちまう」

推測されるとおりの声が聞こえ、盆茣蓙の向こうで一人がじたばたと藻掻《もが》いていた。

すぐさま両端の客が身を離し、藻掻く男に向かって客達が開花のごとく次々に外側に開いてゆく。

阿吽の呼吸、見事な連携である。見ていて手を叩きたくなる。

ではあるが、実際見ては、三左も伝蔵も出るのは溜め息ばかりだ。

阿吽の呼吸、連携が取れるとは、いつもの連中ということだ。ようは盆茣蓙の向こう一列は貧乏人の連《つら》なりなのである。

「結局、こうなるか」

「こうなるんでしょうねえ」

賭場の様相だけ見れば大盛況であるが、まったく喜べない事態であった。

前回、誰が見てもお大尽《だいじん》に違いないと思われた新客はめっきり減り、というか一人もおらず、うがって斜めに見るか目を瞑《つむ》って声の張りだけ聞けば、かろうじて、そこそこくらいには金を持っているのかなあと祈りたい客がまだ少々いるだけである。残りの大多数はいつもの、客とも呼べぬ客ばかりだ。

「それにしても三左の旦那。こうまで早《はえ》ぇとは思わなかったってえのは、まあ、嘘偽りのねえとこなんですがねえ」

「ふん。そこの阿呆が、後先考えずに大暴れしたからの」

伝蔵の向こう側から、次郎右衛門が苦々しげな声を挟んだ。さらにその向こうの嘉平は特になにもいわないが、目を見ればいいたいことはわかる。

「あんな有り様を見せては、上客がこぞって逃げるのは自明の理じゃ」

にらむ爺さん二人の目を避け、三左はあらぬ方を向いた。そういうこともあるかなとは自身でも思っていたことである。だからここは、聞かない振りの一手だ。

「だから伝蔵、考えろといったではないか」

「ええっ。こっちですかい」

次郎右衛門の文句が、代わりに伝蔵に向かった。三左は内心で舌を出した。

「そうじゃ。今からでも遅くはない。数がいるうちに手を打つのじゃ。少なくとも、数だけでも減らさんようになんとかせい。その分だけでも前よりは上がりが増えるじゃろう」

「ご隠居、そうはおっしゃいやすけどねえ」

伝蔵は遠い目をした。

「数だけいたって、どうしようもねえですよ。活気や熱気の具合だけは立派になりやすが、ご覧下せえやし」

伝蔵の腕が伸び、指先が盆茣蓙向こうの、賭場の隅を指す。

「茶や酒や菓子もその分増えて、馬鹿になんねえんですぜ」

奥の際《きわ》に設《しつら》えた呑み食い勝手の大徳利や菓子箱の周りには、たしかにいつにも増して人が群がっていた。

「前の三倍用意してやすが、どうやらそれでも足りねえみたいですぜ。そりゃあ、なにも出さねえようにすりゃあ貧乏人は減るでしょうがね、一緒に、それなりに使ってくれた客も絶対に減りやす。間違《まちげ》えねえ。ただ酒ただ菓子は客人へのもてなし、いってみりゃあ礼ですからね。礼を失した賭場がねえとはいいやせんが、そんなとこはどこへ行っても惨《みじ》めなもんです」

三左は一人うなずいた。伝蔵のいうことは、なるほど道理だ。

次郎右衛門も珍しく、それ以上突っ掛かることなく押し黙った。なんとなく、三左はそれで愉快になった。次郎右衛門がいい負けることなど滅多にない。このさい、虎の威のごとく伝蔵の言を借りておこう。

「はっはっ。で、結局でかいだけの貧乏賭場の出来上がりってわけだ。わっはっはっ」

「おっ。そこまでわかっとるんなら三左、所場代が減っても文句は申さぬな」

「………」

しまったと思ったときには遅かった。

「伝蔵、酒や茶菓子の足りない分は所場代から充《あ》てよ」

と次郎右衛門が命じれば、間髪容《い》れず、

「へい。わかりやした。ありがとうございやす」

と伝蔵が答えた。

この間、三左は高笑いの形に口を開けたままである。

虎の威を借りて、いけないものを踏んだようだ。

「じょ、冗談じゃねえや。所場代も出せねえ貧乏賭場なんざ、俺ぁ認めねえぞ」

三左は腰を浮かし掛けた。

そのとき、

「まあ、貧乏賭場と決めつけたものでもないぞ。儂もまた来るしな」

と、三左らの話に割って入る男の声があった。場違いなほど、重く響く声であった。

見れば胴元の座近くに、勝ち札を換えに来た男が立っていた。

「なんだあ？　関係ねえ奴は引っ込んでてもらお――」

下からにらむように見上げ、三左は続けるべき言葉を呑み込んだ。それだけではない。思わずのけ反《ぞ》って壁板に頭を打ち付ける始末である。

「ってぇっ」

頭を押さえながらも、一応姿勢を正す。

「な、なんだってこんなところに」

男はどこぞの古着屋に吊るされていそうなよくある紺縞の小袖《こそで》を着流し、刷毛先《はけさき》を少し崩しぎみにした小粋な町人髷にはしていたが、よく見れば間違いようもなく、時の老中首座、松平越中守《えっちゅうのかみ》定信に相違なかった。

「こんなところなどといういい草はあるまい。儂が決めた屋敷であり、少なくとも今はおぬし自身が住まう屋敷だぞ」

などといいながら、定信は顔を次郎右衛門に向けて軽く頭を下げた。

おっこれはと、次郎右衛門の方もようやく気がついたようで、会釈しながら居住ま

い を正す。

「これはこれは。では、そこの出涸《でが》らしなどではない、真っ当な茶をば」

嘉平が立とうとするが、

「いえ、今日は供とて特には連れぬ忍びでして。どうぞ、そのままそのまま。私は出涸らしで結構。喉が渇けば勝手にやります」

と、定信は拍子よくやんわりと制した。

その昔、定信は気紛《きまぐ》れでやっていたに等しい次郎右衛門の道場に、田安の屋敷から通っていたという。ようするに、定信は次郎右衛門の弟子なのである。聞いたことはないが、今の話し振りからすると、嘉平とでさえ定信は同門の兄弟弟子ということになる。

時の老中をして礼を取らせるとは、そら恐ろしい爺さん連中である。

「へん。出涸らし出涸らしって、出涸らしで悪かったな」

伝蔵がぶつぶついうが、今ひとつ事態をわかってはいない。

(それにしても)

と、三左は定信の頭のてっぺんから足の先までをしげしげとながめた。

定信は格好といい雰囲気といい、場末の矢場《やば》や居酒屋でしばしば見掛ける遊び人風にして、賭場にもよく馴染んでいた。今宵《こよい》のような賑わいの中に紛れ込まれたら、すぐにはそうとわからないだろう。

よくもまあ、老中のくせに。

「申したではないか。儂にも、放蕩《ほうとう》無頼に生きた時期があってな」

三左の視線を察してか、定信は笑っていった。

「まあ、たしかにお聞きしましたが」

その頃に、ありとあらゆる場末にも慣れたということなのだろう。

御三卿《ごさんきょう》田安家の後継、ひいては十一代将軍と目されながら田沼政治を痛烈に批判し、陸奥《むつ》白河藩、松平定邦《さだくに》の養子とされてしまったのが安永三年（一七七四）、定信十七歳のときである。

放蕩無頼に生きた時期とはその前後のこと。あらゆる場末に慣れたのもその頃、次郎右衛門の弟子であったのもその頃である。

「それにしても、今宵はなんでまた」

「久し振りに賽子《さいころ》博打で遊んでみたくなった、ではいかんか」

いいつつ定信は手の駒札を伝蔵の前に置いた。片手では持ち切れぬほどの駒札が、文机《ふづくえ》の上で音を立てて崩れた。

「あちゃあ」

伝蔵は天を仰いで嘆息した。

それなりに流行《はや》っている以上の賭場であれば換金の手数料が寺銭となるので、胴元は絶対に損をしない。

が、この伝蔵の賭場のように、しみったれているところはそうはいかない。丁半の駒札がそろわなければ流してもいいのだが、流してばかりでは勝負にならない。だから、そろわない分の駒札は胴元出しで受けることになる。

最後に締めてみなければわからないが、伝蔵の前で崩れるほどの駒札を一人が換えにくるなら、今宵の伝蔵の持ち出しは濃厚であった。

ゆっくりと惜しむようにして、伝蔵は駒札を斜め後ろの銭箱番に回した。銭箱番の若い衆も、親分同様ゆっくりと、惜しむようにして駒札を数える。しばらく掛かりそうだ。

その間に、

「三左衛門。どうだ、新しき屋敷の居心地は」

と、定信は三左に声を掛けた。

「どうもなにも。そう、そもそもここの庭のことはご存じでございましょうか」

「うむ。知っておる。儂も初見のときには目を見張った。よき庭であろう」

「それをご存じならば」

三左は聞かれるままに、下川家のことを定信に語った。長い話ではなかったが、武平の一件にふれたときには一瞬の光芒《こうぼう》が定信の目に宿った。

「ふむ。まあ、その辺のこともあってな、おぬしに住んでもらったのだ。老師、いや、隠居殿や、兄弟子には住み慣れた地を離れ御苦労なことなれど」

やはり、嘉平は定信の兄弟子であった。

お待ちどお、とやけに恨みがましい声で伝蔵が金を差し出した。換えた駒札は一両と二分であった。

「まあ、ここに住んでなにがあるかはわからん。まったくなにもないかもしれん。が、とにも真っ先に思い付いたのがここであったのだ。ことというか、あの庭だ」

換えた一両と二分をそれぞれの手に持ち、小判を出しかけて止め、二分を三左の前に置いて定信は立ち上がった。帰るようである。

三左は二分を手にとって定信の手にある小判と見比べ、案外渋いと聞こえるように洩らすが、定信はまったく聞こえなかったように捨て置きにして、

「あとのことは、日向守《ひゅうがのかみ》に聞くがよい」

といった。

師匠が師匠なら、弟子も弟子だ。この老中も爺さん二人同様、食えぬ男である。

なら明日にでも保科《ほしな》さんにと三左がいえばにやりと笑い、

「なに、すぐにでも聞けるであろうよ」

となんだか要領を得ぬことをいい、次郎右衛門と嘉平に一礼して賭場を出て行った。

特段に見送りもせず、手の内で二分をもてあそんでいると、伝蔵が身をすり寄せてきた。

「旦那。なんだか、やけに偉そうな奴でしたね」

「へっ。なにが偉いものか。人の価値は位や役職じゃねえよ」

「……てぇことは、本当に偉いんですかい。そういえば、忍びとかなんとかいってたようですが」

「まあ、偉いと思う奴もいるだろうな」

「ははあ。……で、どなたさんで」

「知りたいか」

「へえ」

「別に知らなくてもいいと思うが」

「いいじゃねえですか。減るもんじゃあるめえし」

「まっ、そりゃそうだ」

三左はおもむろに、二分を袖内に仕舞《しま》い込んだ。

「松平定信ってえ、お人でな」

「……?」

伝蔵からの反応はすぐにはなかった。もっとも、人は事が大きすぎると反応が鈍くなる。

「そのな、まあなんというか、老中首座ってえやつだな」

「ああ、なるほど、老中で。……なるほど、ご老中」

ぽんと手を打って納得したかに見える伝蔵の動きがそこで止まった。空疎な時間の中で、伝蔵の顔がどんどん青くなってゆく。

「ご、ご老中だってえぇぇぇっ」

海老《えび》のように身を撥《は》ね、伝蔵は白目を剝《む》いてひっくり返った。あまりの衝撃であったようだ。

「ああ！　親分っ」

手代と小者、伝蔵の下でいやな二足の草鞋を履く政吉が飛んでくるが、三左は平然としたものだ。

「だから、別に知らなくてもいいっていったじゃねえか」

素知らぬ顔の三左の脇で、伝蔵は口から泡を吹いた。

二

いっとき賭場は騒然としたが、政吉に引きずられるようにして伝蔵が奥に姿を消してからは、また元のとおりである。

胴元の伝蔵がどうなろうと、いったん開いてしまえば賭場は、特に内藤家の賭場は動く。なんといっても実質の胴元、次郎右衛門の目が光っているのだ。

稼ぎに夢を見つつの利害は胴元も客も同じ。で、賭場は何事もなかったかのように再開である。賑わいが戻る。

「それにしたって、すぐにでも聞けるってな、どういうことだか」

伝蔵のことは忘れ、三左は定信の言葉を思い返した。

よくわからなかった。なにか深い意味、言外の意味でもあるのだろうか。

しばし考える。

「さあ、半方ねえか、半方。親分がぶっ倒れちまってんだ。受け手がねえなら流すしかねえぜえ」

威勢はいいが内容は情けない中盆の声が聞こえた。対して、これを受ける客側からの発声はまったくなかった。静かなものである。

三左の思考は深く潜《もぐ》った。潜って潜って、やがて沈思は底に辿り着いて浮上する。

「だめだ。わからねえや」

沈思といっても、三左の場合底は浅い。目一杯によくいえば、一つのことに拘泥しないということだ。

そのときである。

——ぶぇぃ。ぶけたるばいっ。ふぁんだふぁんだ、ひくひょうべっ。

なんだかわからぬが盆茣蓙の向こう、呑み食い勝手の辺りから聞き覚えのある声がした。

——おっ。ありがてえ。ふぁんてな、半でよろしいんですね。

——ぶぉう。ふぁんだっ。

一瞬はてと眉根《まゆね》を寄せ、ああと一人納得して膝を打ったのは瞬き三つほど後のことだ。

「なんだ。そのまんまじゃねえか。深くも言外もあったもんじゃねえな」

呟いて三左は立ち上がった。

「四六の丁っ」

「があぁぁっ」

勝負終わりの喧噪《けんそう》の中を抜け、三左は一人の男に近づいた。

先の意味不明の言葉を発していた男、そして今の勝負に負け、頭を抱えながら天井を振り仰いでいる男である。ついでにいえば、手にかじり掛けの大福を持っている。

「ええ、お客人」

三左は隣に片膝をついた。

「盆茣蓙周りでの呑み食いは、ご法度《はっと》ってことになってるはずですが」

「堅いことは申すな。どれだけ負けたと思って――」

男は顔を三左に振り向けた。

「おっ。なんだ、三左衛門ではないか」

「なんだ三左衛門ではないでしょう」

三左は溜め息混じりにいって男に顔を寄せた。

「普請奉行ともあろうお人が」

「おう。おぬしの口からそんな言葉が出るとはな。破天荒に見えて案外堅物《かたぶつ》か。構うな構うな。遊びに奉行も武士も町人もあるものか」

男は松平定信の肝煎《きもい》りで抜擢《ばってき》された新任の普請奉行、保科日向守忠之《ただゆき》であった。

松平定信は見た目のとおりの狸じゃぞなどと太鼓判を押すが、日向守は小太りの小男にしてあまりに見た目が狸なので、腹芸《はらげい》切れ者の印象はまったくない男である。今も浪人然とした格好でしっかりと場に溶け込んでいる。いや、逆にその辺が食わせ者の狸なのかも知れない。

と、日向守は残りの大福を口に放り込み、

「胴もおにひっとけ。こお大福あ不味《まず》ひ」

などといいながらしかし、さも美味そうに食った。

食ってすぐにうっと唸り、胸を叩きながら目を白黒させる。

「食わせ者、か」

前言は早くも撤回かも知れない。

三左は呑み食い勝手に立ち、急須から冷えた出涸らしの残りを湯飲みに注いで戻る。

日向守は奪うように湯飲みを取って口に運んだ。ああ死ぬところだったとは、三左は聞かなかったことにした。

「しかしお奉行、遊びだとおっしゃいますがね。あの騒ぎようは、遊びにしちゃあ目立ちすぎでしょう」

「うむ。初手は当然遊びだったのじゃがな、その域はとっくのとうに過ぎておる。あっという間であった」

妙に一人で納得する。

膝前を見ればたしかに、手持ちの駒札は数枚が残るだけであった。

「どれだけ擦《す》ったんですか」

「まあ、適当に」

日向守は照れたように笑い、短い足で掻き回すようにして駒札を隠した。

「おっ。そういえば」

誤魔化すように辺りを見回し、今度は日向守が顔を寄せた。

「はて、ご老中は」

それすら見えていなかったようである。

「お帰りですが。いいんですかね、お一人で帰して」

三左は冷ややかにいった。

「いいんではないのか。儂が供をしたところで糞の役にも立たん。それより、ご老中の収支はいかほどであった。勝ったか負けたか」

日向守はどこ吹く風である。

と、三左は自分と日向守に注がれる、それこそ浴びるような視線が気になった。見れば盆茣蓙周りの一同がみなで見ていた。

「三左の旦那。ご老中だかお奉行だか知らねえが、わからねえ話は離れてしちゃあもらえやせんか。勝負に入れねえ」

「おっと。悪ぃ悪ぃ」

三左は飛びはねるように退いたが、日向守はそのままだ。というより、もう盆茣蓙の方を向いて残り少ない駒札をかちゃかちゃとやっている。離れる気はないようだ。

（まっ。それならそれでいいか。どうせ長くは掛からねえだろう）

三左は腕を組んで板壁に寄り掛かった。

場の流れ、勝負の行方《ゆくえ》は水物であるが、熱くなったら負けとは、熱くなった本人以外誰もが知る博打の鉄則であった。


それから、およそ四半刻が過ぎた。一人帰り二人帰り、賭場が次第に閑散とし始めていた。間もなく手仕舞《てじま》いの頃である。

「丁だっ」

日向守は最後の駒札を盆茣蓙に叩きつけ、

「勝負っ。五二《ぐに》の半っ」

「ぐぁぁぁっ」

そして燃え尽きた。

案の定というか、思うよりも粘り腰であった。

がっくりと肩を落としたまま、日向守は盆茣蓙の傍《そば》から離れなかった。

その背がなんとなく哀れに思え、三左は湯飲みに酒を注いで運んでやった。

すまんと力なくいってひと息に呑み干すと、それでも身に多少は活が入ったようである。日向守は急に、おっそうじゃそうじゃと呟きながら胴元の座の方に這っていった。

なかなかに速い動きであった。どうにも、忙しい男である。

誰もいない胴元の座を過ぎ、次郎右衛門の前に正座してお初にお目にかかります、保科日向でございますなどといっている。

「おう。これはこれは。ご丁寧に。ならば茶でも」

次郎右衛門が背後の嘉平に向き直ろうとすると、日向守はべしゃべしゃと己の額を叩いた。

「いやいや。茶と菓子はもう。できれば酒の方が」

「図々しいが、まあよい。賭場の客でもあったことじゃ。では嘉平」

「はい。それでしたら、秘蔵のご酒をば少々」

やおら、嘉平が立ち上がる。

「うむ。中の下を本当に少し」

「はっはっ。本人を前にしてご隠居様、あからさまですなあ」

次郎右衛門もあからさまならどうしてどうして、日向守も堂に入って厚かましい。

「なら、いらんか」

「いえ、頂きます」

馬鹿馬鹿しいから放って置いて、三左は自分の座に戻った。

その後、次郎右衛門からの振舞酒を干した日向守が三左に寄ってきたのは、客らが帰り支度《じたく》をするざわつきの中であった。

「で、ご老中はなんと」

自分も支度をしながら問うてくる。もっとも換えるべき駒札はなく、支度といっても預けた刀を受け取るだけだ。

「どうせなら一緒に聞いてもらいたいもんですがね」

と文句をいいつつも、聞かれるままに三左は表に向かいながら、定信にしたのと同じ話を日向守に繰り返した。

ふむふむと聞こえていた相槌《あいづち》が途中からふごふごと音を変えた。見れば日向守がおそらく袖口辺りに隠し持っていたらしい大福を取り出して食っていた。

いちいち取り合っていては話が進まないから無視する。

「ほう。やはりそんなことであったか。評定所の覚書《おぼえがき》では、いまひとつ要領を得んでの」

三左が話し終えると、日向守は指先を舐めつついった。

「近頃の評定所はどうもやる気に欠けての。あとになってほじくり返されんようにか知らんが、覚書など文字が並んどるだけで手習い紙も一緒、あってなきがごとしじゃわ。と申してそこら辺りの調べ物は儂ら方の役目ではないし、それでおぬしに住んでもらったが」

うなずいてはみたが、まあ、そんなところだろう。

「では、お奉行方の見立てではなにかあると」

「わからん」

「はっ？」

「わからんが、きな臭かろ」

日向守はにっかりと笑った。

「儂が普請奉行になった一件もそうじゃが」

三左が明屋敷番となったときのことである。粛正厳しき松平定信の詮議《せんぎ》が、いずれ自分達にも及ぶことを怖《おそ》れた、前の普請奉行と普請方下奉行による定信暗殺未遂の一件である。

「結局は同じ穴の狢《むじな》じゃからな。どちらにもというか、情けないことに幕閣自体に、叩けば埃《ほこり》の出る連中はまだまだ多い。普請方にあることは作事方にもあろうぞ。となれば、下川武平の死も大いに不審じゃ」

「なるほど」

「鬼が出るか蛇《じゃ》が出るかは知らん。なにも出んかも知れん。が、ご老中もおっしゃっていたとおり、明屋敷は漬け物樽も同じ。初手はわからなくとも、時が過ぎれば臭いが立つ。それにしても駄目なら捨てねばならんが、大丈夫なら食えばよい。まっ、そのくらいの感じじゃ。絶対なにか見付けよとも、必ずなにかあるともわからん。なにもなければ大いによし。ただなにかあったとき、それを考えるのが明屋敷番、つまりおぬしじゃ」

次第に弁舌に覇気が滲《にじ》んでくる。さすがに腹芸切れ者の面目躍如か。

聞きながら座敷から座敷を渡れば、どうやら日向守が帰り客の最後のようだった。

表の土間にいつの間に先回りしたか知らぬが、政吉がうずくまって履き物をそろえる。

「まかせる。大いにまかせる。が、ところで三左衛門」

日向守は草履に足を落としながら声を掛けてきた。

「はっ」

なんとなく言葉が改まる。

去り際に振り向き、日向守は三左に向けて指を突き付けた。

「次に来るときは、負けんぞっ」

目に炎が燃えていた。

「………」

覇気の落とし所がなぜそこなのか。違う気がする。

三左はただあんぐりと口を開け、肩を怒《いか》らせて帰る日向守の背を見送った。

一部始終と三左を、土間から政吉が見上げていた。

「ちっ。かしこまって損したぜ」

頭を掻いて吐き捨てる。わからぬ気に政吉が首を傾《かし》げた。

「それにしたってまあ、まかされちまった。二分じゃ安いが、しかたねえか。なあ、政吉」

「へぇい。――へ？」

政吉の間の抜けた答えを、三左は振り向いた背で聞いた。

三

三日後の夕刻である。この日は朝から霧のように煙る、あいにくの雨であった。

三左は右門の呼び出しを受け、みよしへと向かった。

三左を呼びに来たのは政吉ではない。右門が使う別の小者であった。

政吉はなにかと重宝だが、昼間は伝蔵の口入れ屋、山脇屋の手代として荒くれの日《ひ》傭《やとい》を差配しなければならない。探索方、右門の手としては夜から朝までしか使えないというのが難点といえば難点である。

「ほいきた」

小者の話を聞くやいなや、三左は傘も差さずに表へ飛び出した。そのまま小六《ころく》染めの小袖を尻っ端折《ぱしょ》りにし、小舟町へと走る。

右門の用件は調べを進めている下川武平についてだ。とりあえず一度、というくらいのものらしい。ならば別にそれほど急がなければならぬ用件ではないが、三左は押っ取り刀で走った。

我ながらさもしい気がしないでもなかったが、呼んだ方の払いは暗黙の了解だ。雨で外に出る気も起きずごろごろしていた三左に、当然屋敷では昼餉など出ない。それは内藤家においては至極当たり前に考えられることだったので、白い目で見られながらも朝餉を鬼のように食った。

それでも、夕刻になれば腹が減る。腹が鳴る。で、さて夕餉までどうやって保《も》たせるかと思案していたところに顔を出したのが右門の小者であった。

できれば右門より先に到着し、まず飯をたらふく掻っ込んでなに食わぬ顔をして待とうとは、これが三左のさもしい考えである。だから、ぬかるむ道の泥が尻っ撥《ぱ》ねするのもお構いなしに全力で走った。

「邪魔するぜぇ」

みよしの暖簾《のれん》を潜ると、

「いらっしゃい」

即座に、なぜか少々いらつき気味の声がした。

「おっとっと。なんか、機嫌が悪ぃみてえだな」

ちょうど居合わせたものか、女将のおつたが土間に立っていた。

組紐をたすき掛けにして袖を上げている。節季外れの大掃除でもしている最中だったのだろうか。

刀を鞘ごと抜き、濯《すす》ぎをもらおうと進めば、

「駄目っ！」

今度は明らかに、おつたの声は怒っていた。濯ぎを受けようにも、まず上がり框《かまち》にも座らせてもらえない。

「なんだよ」

「なんだよじゃありません。そんな泥だらけで上げられるわけないでしょ。辰《たつ》さん、持ってきて」

へぇいと声が返り、奥から枯れ木のような老爺が出て来た。古参の船頭、辰吉《たつきち》である。枯れ木というのは痩せているというばかりではない。杉肌のように、真っ黒く陽に焼けているからだ。

辰吉は手に屋号を染め抜いたお仕着せを持っていた。本人が着ているのと同じ物で

ある。

「まず着替えるっ」

ほらほらと促されるままに、三左は着物を脱いでお仕着せに袖を通した。丈《たけ》が足りなかったが当然文句などいえない。なにせ、なぜか知らずおつたが怒っている。触らぬ神に祟《たた》りなしだ。

「じゃあ、そこに座って」

ようやく語気を和らげたおつたが上がり框を示した。座れば、手ずから運んできた濯ぎで三左の足を洗ってくれた。心遣いかと思えばそうでもない。洗い方は痛いほどに荒かった。

「まったく、そろいもそろって。貧乏旗本と八丁堀の御家人は、金輪際出入り禁止にしようかしら」

「ん？」

一瞬考えたが、それだけでおつたの怒りが理解できた。ぽんと手を打つ。

「なんでぇ。右門の奴、もう来てんのか」

「来てんのかじゃありませんよ。いきなり、遅れたかぁって叫びながら走り込んできて勝手に濯ぎを使って。こっちが気付いたときにはもう、ぜぇぜぇいいながら板間にあがってましたからね。それだけであっちもこっちも泥だらけ。冗談じゃありませんよ」

　考えることはどちらも同じだ。先に着いてたらふく食っちまおうという腹具合と、先に着かなければ払いが増えると知る懐具合。今回は懐具合に軍配が上がったようだ。

「はい。どうぞ」

　おつたに膝小僧を叩かれて板間にあがる。見ればたしかに、拭き掃除の跡がそこら中に見られた。

　なんとなく、拭き跡を避けて階段に向かう。それが礼儀のような気がした。

「着物、洗っときますからね」

「ええと。よろしく頼む」

　我ながら間の抜けた答えだと自嘲しながら、三左は二階の座敷に上がった。

　いつもの座敷に入ると、右門が身を小さくして酒を呑んでいた。おそらく、階下からのおつたの声が聞こえていたからだろう。

　まず黙って三左は、膳に酒一本だけ用意された自分の座に腰を下ろした。手酌で一杯呑み、右門を見る。右門も三左を見ていた。向かい合った同士、どちらもがみよしのお仕着せを着ている。

　なんとなく笑えた。

「へっへっ。まあ、なんだ。気を取り直すか」

三左は銚子を取って腕を伸ばした。

「そうですね」

苦笑いに受けて右門が盃を差し出す。

「で、なんかわかったかい」

「わかったというか。まず目付方《めつけかた》の方はてんで駄目でした。駄目っても、門前払いされたわけではないです。内与力《うちよりき》の山手《やまて》さんにそれとなくお願いして許しはもらったんですがね。覚書などに気になるところはありませんでした。っていうより、気にしようがない内容で」

この辺は保科日向守から聞いたとおりだ。三左は酒を呑みながらうなずいた。

「ただ、私の近所に植木奉行方の同心が住んでましてね。聞いてみると、かの下川武平という男。これがまた随分と変わった男だったようですね」

「やっぱり、庭馬鹿か」

三左は手の内で空の盃を回した。

「どうでしょう。聞く限りでは、馬鹿って域も超えているような気もしますが。たしかに、作庭家としての才覚は図抜けて優れていたようです。ただ、気に入らないことがあると下職《したしょく》だけでなく、植木奉行や畳奉行、果ては作事方の被官達にまで食ってかかったらしいですよ」

作事方被官は作事奉行に直属する役職の総称で、五十俵の譜代席である。

「結構そんなことが日常茶飯事だったらしいです。近所の同心もね、下川さんの怒鳴り声が聞こえぬ日はなかったとぼやいておりました。才能もあり過ぎると困りものだと。なにについて怒っているのか、誰にも理解できないこともしばしばだったとか。それでよけい、怒鳴り散らすという」

「ほう」

三左が相槌を打つと階段に足音が響き、

「お待ちどおさま」

と、まだ幾分怒っている様子でおつたが障子を開けた。

敷居の外から内へ唐茄子の煮物、早穫《はやど》りの谷中生姜《やなかしょうが》の器を次々に並べてゆく。湯気が立っている物はひとつもない。

「他にしなくちゃならないことがあるもんで、ご自分達でお願いしますよ」

はい、と三左と右門は、閉まる障子に向かって声をそろえた。

階段に足音が聞けなくなるまで待ち、三左はさてと腰を上げた。

「……食うか」

「……そうですね」

右門も続く。

「で三左さん、その同心の伝手で何人かに話を聞いたんですがね」

料理をそれぞれの膳に運びながら右門が話を続けた。

「よくもまあと思うくらい、下川武平をよくいう者はいませんでした。誰かに恨みを買ってても仕方ないなんてもんじゃなく、みんなから買ってたんじゃないでしょうか。妬《ねた》み嫉《そね》みも含めれば」

「ほぅか」

三左は唐茄子の煮物を頰張りながら答えた。

「ただ一人、同じ庭作の横内孫兵衛だけはなにかと下川武平に気を遣っていたようですが。もっとも、同じ役柄として下川の尻ぬぐいは、この横内の役目だったようですね」

右門も谷中生姜に手を伸ばす。

「てえことは、本人に不正の目はねえな」

「ありません。ありようがない」

「ただどうしようもねえ、庭馬鹿、か」

三左は再度、そう呟いた。

その後、しばらく呑み食いに時間を費やすと、暮れ六つを半刻も過ぎた頃、階下に来客の気配があった。

「まあまあ。政吉さんはさすがに、伝蔵親分になんでもまかせられるお人ですねえ。そうですよ、雨の日はきちんと傘を差すか合羽を着て、裾はからげて泥を避けるのが普通ですよねえ。どっかの連中には一度、政吉さんの爪の垢《あか》を煎じて無理矢理にでも飲ませようかしら」

小声ではない。それどころか明らかに、二階に向けて張り上げる声だ。

「なにがさすがでえ。政吉だってこないだのときにゃ、濡《ぬ》れ鼠《ねずみ》であがって来て怒られてたじゃねえか。なあ、右門」

三左のいうこないだとは、老中暗殺未遂の探索のおりのことである。

「まあ、それにしてもただ濡れてただけで、私らのように泥を運んでは来ませんでしたからね」

「そりゃあ」

「それか、一度いわれたことは二度しないのはさすがですねってことかもしれませんよ」

「そりゃあお前ぇ。……ううむ」

三左は黙って酒を呑んだ。右門も呑んだ。

さまで間を置かず、階段に足音があって障子が開かれた。

座敷にお仕着せの二人を見るなり、

「ああ。どっかの連中ってな」

と合点しつつ、政吉がふわふわとした足取りで座敷に入ってきた。

おそらく探索方に夜を通し、また何日か寝ていないに違いない。目の赤さからすれば三日目だろう。

そうとわかるほど、三左も政吉の〈寝ず〉には馴染んでいた。

「ご苦労さん。まあ呑めよ」

「へえ。頂きやす」

駆けつけの三杯を政吉が呑み干す頃には、おつたが料理と銚子を運んでくる。谷中などはいいにしても、唐茄子の煮物からほのかに湯気が立っているのは気になったが黙っておいた。

「で、お前ぇの方の調べはどうなんだい」

三左が政吉に話を振ったのは、あらかたの料理に政吉が箸を付け、おつたが銚子の三本目を運んできたあとだった。大した話があるわけもないとわかっていたから後回しにした。なにかあれば政吉から先に口を開いたはずだ。

「なにかっても、特にまだこれって話にはぶつかりませんや」

いいながら政吉は目を擦《こす》った。

「第一、造園に関わるってえと商人職人の数が多くて。夜だけじゃあ聞き込みも上手くいかねえんで、朝夕の人割りだけはどうにかすませるとして、親分にあとの仕事は昼夜を取っ替えてもらいやした」

「なんだ。てえと、お前ぇはこれから戻るんかい」

「へえ。帳付けと明日の割り振りやらなんやら、しなけりゃあならねえことは山ほどありやす」

　ならば当然、寝る暇などはあるまい。

「で明日は、三左の旦那も行ったってえ、駒込の植木街に足を延ばそうと思ってやす」

　勤勉も度を過ぎると聞くだに過酷だ。それでも音を上げないのは、ある意味下川武平同様、政吉も仕事馬鹿だからに違いない。

「そうおっしゃってくれんのは三左の旦那だけで。へっへっ。とはいえまあ、とりあえずなんか引っ掛かりくれえみつけねえと、おちおち寝てられやせんしね」

　政吉は焦点の合っているんだかいないんだかわからぬ目を瞬いて薄く笑った。

「それにしても、一年も前ぇってのが厄介でして。きっとあっしだけじゃねえ。他の御用聞きも大した成果は上がってねえでしょうよ。なんとか先だけは越されねえように頑張りやすが。ねえ、大塚の旦那」

「ん？」

振られて、右門は呑み止しの盃《さ》から口を離した。

「いや、特に他の誰にも、この件に関して聞き込みなどさせていないが」

さも当たり前のようにいう。

「こんなどっちともつかぬ話に、そんな大勢を割けるものか。あれもこれもとな、みなそれぞれに忙しいのだ」

右門に向けた顔に薄い笑みを張り付かせたまま、政吉が彫像のように固まった。

「……政吉。すまねえな」

三左にいえるのは、それで精一杯であった。


それから四半刻ほどを政吉は黙して食い、それじゃあ仕事がと告げてみよしを出て行った。

闇に消えてゆく背が、力なく見えてやけに寂しげである。

三左と右門は、雨の中を力なく去る政吉の背を見送った。

御用聞きの小者をわざわざ見送るのもご大層なことだが、ご大層な使われ方をしているのだから仕方がない。と、三左は思うが、右門はそうでもないらしい。

三左に引かれて出て来はしたが、右門は明日葉の小鉢を手に持っていた。

「お前ぇ、鬼だな」

「そうですか。そうでもないですよ。なんたって私は、政吉を信頼してるんです。だからまかせるんですから」

もっともらしいことをいう。もっともらしいことをいう、鬼だ。

「政吉、死ぬぞ」

「大丈夫ですよ。まだ三日目じゃないですか。五日目一杯までは実績があります。それに、そのときにしたって道端に倒れて寝こけただけで、死んだわけではありません。手の者がこんなことで死ぬなんて縁起でもない。考えただけで寝覚めが悪くなっちまいます」

「……寝覚めが悪ぃってな、寝てからの話じゃねえのか」

「当たり前でしょう。起きっ放しじゃ人は死にます」

「……お前ぇやっぱり、鬼だな」

「そうですか。そうでもないですよ」

話が堂々巡りになったから、三左は止めて暖簾を潜った。

「右門、締めてくれ」

「おっと、そうですね。おおい、女将、そろそろ帰る。お勘定」

声を掛けると、はぁいと奥からおつたが顔を出した。時とともに、機嫌はさほど悪くないようであった。

勘定の間に二階に上がり、三左は己と右門の刀を手に下に戻った。

右門に刀を手渡して見れば、おつたは帳場に澄まし顔で座ったままであった。

「おい。おつた」

「はい、なんでしょう」

「なんでしょうじゃねえだろうが。これだこれ」

三左は身につけたお仕着せの袖を振った。

おつたの溜め息が、冷めて聞こえた。

「だから、洗っとくっていったじゃないですか。よろしく頼むって自分でもいったでしょう。こんなすぐに乾くわけないじゃありませんか」

たしかにいったような気もするし、当然、洗ったのなら乾くはずがないのは道理だ。

「てぇことはなにか。これで帰れと」

三左はお仕着せの襟元をつかんだ。

「あら、汚しといて洗わせといて借りといて、最後には格好悪いとでもおっしゃりたいのかしら」

少しずつ少しずつ、おつたのまなじりが上がり始めていた。

脇腹に衝撃を感じる。隠れて後ろから右門が肘で突いていた。

「大塚さんも同じですよ」

目敏《めざと》く見つけておつたが首を伸ばす。

「はい。いえ、濡れた着物では風邪を引きましょうから。こちらで、ありがたく」

そう答えるしか、この場を収めるに手はあるまい。

かくて、腰に刀を差したお仕着せが夜の通りに出た。ありがた迷惑なことに、押し付けられた傘にも屋号が描かれていた。

「これじゃあ、金があったとしてもどこにも寄れねえな」

「ええ。帰るしかなさそうですね。当然、金などないですけど」

こそこそと急ぎ足で、しかも道の端を夜陰に紛れるようにして歩く奇妙な出で立ちの二人組は、どこからどう見ても怪しかった。

四

それから二日後の明け六つ間近の頃であった。

このとき〈寝ず〉の政吉は日本橋の北方、鎌倉河岸の裏手に当たる永富町《ながとみちょう》の一角にいた。正確にはいたというか、転がっていた。

梅雨時期にしては珍しく空は晴れ渡っていたが、濃い朝靄《あさもや》も立って少々冷えた朝である。

「ぶわっ」

いきなり、全身を震わせて政吉は身を起こした。

「さ、寒ぃじゃねえか」

身体を両腕で抱え込むようにして激しく擦《さす》る。

三左らとみよしで会ってから二日後とは、大塚右門が胸を張って実績があるといった目一杯にも近い、五日目の朝であった。

目一杯まで保《も》たず、不覚にも政吉は倒れるようにして道端で寝こけてしまったのである。記憶にあるのは、この永富町に辿り着いて四半刻ほどであるから、暁七つ半頃までだ。

「い、いけねえいけねえ。し、死んじまうとこだった」

歯の根を震わせながら政吉は呟いた。本当に、真冬であったら間違いなく死んでいる。

三左らと会うまでの探索でも大した収穫は得られなかったが、その後の二日間でも状況は変わっていない。上駒込の染井村にまで足を延ばしてみたが得られたものはさほどなかった。

それでも染井村の植木街では通り掛かりの職人衆にそれとなく、ここ一年から二年とだけに絞り、急に羽振りがよくなった商人はどこかと聞いてみた。〈いないか〉ではなく、〈どこか〉と聞くのがこつだ。そうすれば必ず一軒は答える。

聞き込んだ限りではおおむね二軒、植木屋の『遠州屋《えんしゆうや》』と石屋の『倉木屋《くらきや》』に大別された。

その内の倉木屋は、染井村から帰る足でそのまま向かった神田佐久間町《さくまちよう》の本店周りの聞き込みで、羽振りの理由のだいたいはすぐにわかった。出店《でだな》がある武州倉賀野《くらがの》から、近在の質のよい石を荒川舟に乗せる舟運《しゆううん》の道筋を確立したかららしい。

政吉は御用聞きの小者だけでなく、山脇屋という口入れ屋の、それも極めて優秀な手代である。舟運の利便はすぐに理解できた。

だから、とりあえず倉木屋は後回しにして遠州屋に的を絞った。主の名は六右衛門《ろくえもん》である。

前日昼日中《ひるひなか》の聞き込みでは、倉木屋ほど明確な理由はわからなかった。ただ、前の店が手狭になったとかで、この永富町に移ってきたのがおよそ一年半前だということだけは知れた。実際、遠州屋は羽振りの良さと真新しさがうかがえる、派手な店構えであった。

で、この日も政吉は遠州屋の聞き込みをするつもりであった。早く来たのは、昼夜を入れ替えた山脇屋の仕事の方がこの日は簡単に片づいたからである。それで、夜の店周りも見てみようと出張ってきたのだ。明け六つ前には一度、山脇屋に帰るつもりでいた。そうして人足らの配置手配りをすませてから、本格的にこの永富町界隈《かいわい》に動くつもりであった。

それが気を失うように寝こけてしまい、すでに店に帰っていなければならぬ時刻である。今から戻っても間に合わない。

「かぁ。やっちまった」

政吉は一人嘆いて額を打った。寝ずに働いていることを知っているから、このくらいで伝蔵に怒鳴られはしない。表向きは仏で通る伝蔵である。が、給金からの差っ引きは確実だ。それも、一回分一日分どころではないだろう。こういうとき、伝蔵はかさにかかって、びっくりするほどのせこさを笑って発揮する。

いや、そんなことの前に、政吉は自分自身を恥じた。〈根津〉の政吉は、寝ないで働くことに矜持《きょうじ》がある。寝ないことが好きなわけではない。そうまでして託されることに対する矜持だ。

それが今回は、寝てしまった。御用聞きと山脇屋の仕事を、慣れぬ昼夜逆転でこなすことへの疲れはたしかにある。

だが、そんなことは理由にならない。

「へっ。歳かねえ」

二十七歳にして政吉は自分を笑った。

「五日六日寝ねぇ程度でへたばるなんざ、もう若くねえ証拠だ。丈夫で長持ちが自慢だと思ってたが、俺ぁ、どうやら早死にの口だ。へっへっ。お喜代《きよ》を悲しませることになっちまうなあ」

お喜代とは根津権現近くで茶屋を営む、政吉の恋女房の名である。

みょうちくりんなことで早死にを覚悟してしんみりするが、五日六日寝ないで働いている方が早死にへの近道だというこの本末転倒を政吉は理解しない。まあ実際、理解していたら、寝ずに五日も六日も働けはしない。この辺の感覚の鈍磨も、政吉が右門に便利に使われてしまう理由ではある。

と、そのとき。

「おっ」

朝靄の中に近づいてくる掛け声と人影を認め、政吉は急ぎ天水桶《てんすいおけ》の裏に身を潜めた。

やがて、朝靄をついて現れたのは駕籠《かご》屋であった。人は乗せていないようだ。呼び駕籠だろう。

政吉はわずかに眉をひそめた。たしかに明け六つになると江戸中が一斉に動き出すが、それと同時の時刻に呼ばれる駕籠屋とは明らかに不審であった。

と、駕籠屋が遠州屋の前で止まった。

駕籠を下ろして先棒《さきぼう》が潜り戸をたたくと、丸眼鏡の貧相な男がすぐに顔を出した。すでに遠州屋の半纏《はんてん》を着ていた。年格好からすれば住み込みの番頭かなにかだろう。

「遅いぞ。これでは松倉《まつくら》様のご出仕前に、旦那様がお屋敷に着けないじゃないか」

「すいやせん。相棒の奴が腹ぁ壊しやして。いえ、お約束の時間には必ず間に合わせまさ。少しばかり飛ばしやすが、ご勘弁下せえ」

天水桶の蔭《かげ》で思わず政吉は拳を握った。松倉とは聞いたことのある名であったからだ。

やがて、でっぷりと太った男が外に出て来た。それが遠州屋なのだろう。一度辺りをひきがえるのような目で見回し、駕籠舁《か》きに頼みますよと声を掛けて乗り込む。すると、悲鳴のように駕籠の棒元がぎしりと音を立てた。

「行ってらっしゃいまし」

丸眼鏡の声に送られて駕籠が動き出す。駕籠はぎしぎしとやけにうるさく朝に響いた。

丸眼鏡が潜り戸に引っ込む頃、駕籠はちょうど政吉が潜む辺りを通過した。

「あ、兄貴。重《おめ》え。いけねえ」

「情けねえこというな。何年駕籠屋やってんだ」

「はっはっ。重くて申し訳ないねえ。あとで酒手は、弾みますよ」

「い、いや、重ぇがそうじゃねえ。重ぇから、は、腹が」

「さ、酒手は、弾みますよ」

「馬鹿。踏ん張れっ」

「踏ん張ると尻が」

「さささ、酒手は弾みますよっ」

「急ぐぞっ」

「い、急ぐっても腹が」

「さ、酒手は弾みますよ酒手は弾みますよっ」

情けない会話が政吉の前を通り過ぎてゆく。

少し考え、悲惨な場面に備えて距離を取ることに決め、政吉はゆっくりと天水桶の蔭から通りに進み出た。

引っ掛かりどころか当たりだと、御用聞きとしての政吉の勘が騒ぐ。

どうやら寝こけた不覚が、幸運にすり替わったようだ。

先の丸眼鏡が告げた松倉という名。

今はどの松倉かさだかではないが、政吉が知る限りからいけば、それは松倉小《こ》十《じゆう》郎《ろう》。

作事方勘定役の名であった。

近年羽振りがいい植木屋の遠州屋と、作事方の勘定役がどうやらつながっていそうだとの一報は、この日の内に政吉自身の口から三左にもたらされた。

帰り人足に日傭を払うため、店に戻る途中に寄ったらしい。

「駕籠屋の道中は、そりゃあ見るも悲惨でしたがね」

と、遠い目をしながら意味不明なこともいったが、結局駕籠屋が辿り着いたのは間違いなく作事方勘定役の松倉の屋敷であったという。

「これからぁ、その辺を突っついてくようになりやす。なにか出やしたら、またお知らせに上がりやす」

不覚にとはいえ少しは寝たからか、政吉の口調も目も幾分かははっきりとしていた。

「それにしたってお前ぇ。もう少し寝た方がいいぜぇ」

「へっへっ。お気遣い痛み入りやす。まあ、これで矢的が決まりやしたからね、今晩は寝かせてもらいやす」

「おう。そうしろそうしろ。それに、俺がいうのもなんだが、三度三度ちゃんと食えよ」

「わかりやした」

それじゃあと頭を下げ、政吉は浅草へと向かった。

それから四日は、とりあえず政吉からはなにもなかった。

梅雨の盛りの雨が、下川草助の訪れと合わせるように二日に一度の割で降り、庭木が装いをあらためてゆく。

そんな中、政吉から三左に声が掛かったのは五日目のことである。賭場開帳の日であった。

「例の件について少々お話が」

まあ後の後でも、いつでもいいんですがとわけのわからぬささやきを聞いたのは、賭場支度のため、早めにやってきた政吉の口からである。

この日は、本格的な梅雨の一日であった。

五

内藤家の賭場には、定刻というものはない。それなりに人が集まりだしたら始めることになっている。手仕舞いはだいたい夜四つ頃を目安にしていたが、それだって人がいれば暗黙の了解で延びる。

昔はよく暁九つ頃まで開いていたものだと次郎右衛門などは遠い目をする。

ようするに日取りだけが決まっていて、あとはいい加減なものなのであった。

で、肝心のこの日の賭場である。

なにやらこの日ばかりは、支度の段階から様子がいつもと違った。

率爾《そつじ》ながらと昼間の内から内藤家の門前で案内を請う侍が後を絶たなかったのである。ときに音を立てて強く降る雨の一日にもかかわらず、である。

応対に出るのは、用人を自任するくらいだから嘉平だ。外面は大変よろしいから安心してまかせられる。というか、他には当主の三左と隠居の次郎右衛門しかいないのだから仕方ないともいえる。

「なにやら、奇妙な」

その嘉平も終いには首を傾げた。ひと口に侍といっても、大身とおぼしき旗本から擦《す》り裂《き》れの、一瞥《いちべつ》で貧乏御家人とわかる者や尾羽《おは》打ち枯らした浪人までさまざまであったらしいが、来る者来る者が声を密《ひそ》やかにしつつ訊《たず》ねることがみな同じなのであった。

すなわち、本日の賭場は何刻よりであろうか、である。

三左も次郎右衛門も首を傾げざるを得ない。いきなり大人気になるような賭場でないことだけは、情けなくも太鼓判を押せる。

「三左。なにかやらかしたか」

「あ？　俺がなんだって」

「……聞くだけ無駄じゃな」

「けっ。無駄だと思うなら聞くな」

「おお。つまらぬところは正論じゃ。なら伝蔵が仕掛けたかの」

「聞いてねえし、そもそもここを閉めてぇ閉めてぇって毎回のようにぼやく伝蔵がなんかするって？　それこそ、俺以上にいうだけ無駄ってもんだ」

「うむ」

次郎右衛門は腕を組んだ。

「それも珍しく正論。じゃが、あそこには政吉がおるぞ。あれが使える男だとは儂も認めておる。なにか閃《ひらめ》いたのかもしれん」

「そいつはねえ」

次郎右衛門に対抗し、三左は妙なところで胸を張った。

「政吉ぁ、ここんとこ寝てねえ」

「……なら、無理か。それにしても、ならばはて」

しばし考え、次郎右衛門は下から睨《ね》め付けるように三左を見た。

「やはり、おぬしがなにかしでかしたんではないのか」

「あ？　俺がなんだって」

「……聞くだけ無駄じゃったの」

「無駄だと思うなら何度も聞くな」

「おお。またまた正論。雨が降るぞ」

「降ってんじゃゃねえか」

ただ巡るだけの駄話はさておき、この率爾ながらは実際このまま、伝蔵らがやって来る夕刻まで続いたのである。


そうして、宵五つ半頃である。

「で、伝蔵」

「だ、旦那」

いつもの場所で肩を寄り添わせるようにして三左も伝蔵も声を上げた。どちらもいくぶん震えた声である。

といって落胆ではない。声に聞こえるのは望外の喜色であった。

胴元の座を挟んで反対でも、次郎右衛門が一人頷きながら満足そうである。

その隣に控える嘉平などは、袖口で目頭を押さえて涙ぐんでいる、ように見えた。

いつもより多く立つ埃に目が痛んだだけかも知れないが。

「伝蔵。こりゃあ、夢か」

「だ、旦那。つ、つねってみておくんなせぇ。そうすりゃわかる」

「こうか」

いわれるままに三左は伝蔵の頬をつねった。思いっきり。

「……痛くねえ」

平然としたものである。

「なら夢じゃねえか」

「そんならそんで、覚めねえでもらいてぇなあ」

もともと伝蔵の面《つら》の皮が厚いことはさておき。

この日の賭場はここ何年、いや、次郎右衛門でさえが始まって以来と呟くほどの、大賑わいであった。

しかも、すぐ呑み食い勝手に群がる貧乏旗本や御家人ばかりではない。どちらかといえば身なりのえらくよい商人や旗本の方が多いほどだ。中にはもしかすると大名家の留守居や、もっともしかすると大名本人までがいるかもしれないくらいである。

三左や伝蔵にとっては嬉しい限りであるが、喜びも度を越すとかえって不審である。

で、それとなく誰かに聞き回れば、

「いや、別に。賭場ができたと聞いたのでな。ところで、越中守様はいずこかな」

「ほっほっ。たまたま近くを通りまして、なにやらの賑わいに誘われまして。上がらせてもらえば、雰囲気のよい賭場ですなあ。私もあちこちで遊ばせてもらうのでわかりますよ。いや、よい賭場です。ところで、本日ご老中様のご臨席は」

と、口上の初めは皆それぞれだが、帰結するところは結局一緒であった。

なんのことはない。

この賭場始まって以来の大賑わいは老中首座、松平越中守が訪れたという話が近隣一帯に広まったからのようであった。誰もが時の老中と知遇を得たいとあからさまである。

それにしても特に触れ歩いたわけではない。伝蔵に聞いても激しく首を振る。

「とんでもねえ。そんな話をねたに人なんざ集めようもんなら、悪くすりゃこっちの首が飛んじまうでしょうに」

とは、誰が考えても道理である。

恐ろしきは人の、噂話である。またたく間に千里走る口伝《くちづ》ての、もの凄さをあらためて知る。

「さあて。勝負と参りやしょうか」

今まで聞いたことがないほど、中盆の声に活気がある。いい調子だ。

「壺、かぶりやす」

壺が返って盆茣蓙に小気味いい音が立つ。慣れた音だ。聞けばわかる。壺振りも今日は、気合いが入っているようである。

「さあさ。張っておくんなさい」

中盆がうながせば、あちらこちらでうむうむと返事がした。

「いちいち答えねえでくだせえ。さあ、張った張った」

「左様か。ならば身共《みども》は、丁でござる」

「しからば、それがしは半でござる」

ござるござるばかりがうるさいとは妙な賭場である。

「拙者《せっしゃ》も、半でござる」

「おう、それがしも半。とはそちらのご同輩。奇遇でござるなあ」

「いかにもいかにも」

奇遇もなにもないが、客同士で勝手に話に花が咲くのも奇妙な賭場だ。

それにしても――。

まあ、なんでもよしである。

朝からの雨にもかかわらず、人が大勢集まるとやけに蒸し暑かったが、それもよしである。

継上下《つぎがみしも》の連中がうろつくのもよしである。肩衣切袴《かたぎぬきりばかま》が盆茣蓙の前を占め、大きく張った肩のせいでいつもの半分くらいしか人が並べないのもよしである。

馴染みの貧乏御家人達にしても何人かが、着慣れぬくせに押入《おしいれ》の奥からか借りてきたのか知らぬが、雨に濡れた長上下の袴を賭場内でずりずりと引きずり、板間になめくじのような跡を引いているのもよしである。加えて長袴の裾を踏んづけられて派手に転び、そんな連中があちこちで悶着《もんちゃく》を起こしているのも、このさい全てがよしである。

今夜は賭場が潤うのだ。

「爺さん。こりゃあ、どう考えても儲かるな。割り増しだ割り増し」

美味そうに茶を啜る次郎右衛門に、調子に乗って三左は声を掛けた。

「割り増し。小さいのう、おぬし。そんなんでいいのか」

「は？」

意味がわからず頓狂《とんきょう》な声を上げれば、伝蔵を挟んだ向こう側で次郎右衛門が小さく笑った。

「どう見ても倍増しは堅いではないか。見込みが甘いわ」

だからどうしたという話である。上がりがいくらで寺銭がいくらになるかは知らないが、ようは儲かるという話をしたつもりである。割り増しであろうと倍増しであろうと本筋にはなんら……。

と、ここまで考えて三左はいやなことに気づいた。

次郎右衛門に顔を振り向ければ、なぜか力強く頷いた。

「倍増しじゃ倍増し。儂も倍増し伝蔵も倍増し。そしておぬしも倍増しじゃ。よかったのう」

「ようございましたな、殿」

次郎右衛門の向こうでまた、嘉平が袖口で目頭を押さえる。いや、埃が目に入っただけだろうに。

手前で小さく拳を握ってよしと呟く伝蔵がわずらわしい。

「ちょ、ちょっと待ったっ」

三左はばたばたと次郎右衛門の前に寄った。

倍増しといったところで、三左の場合一両が二両になる倍増しとはわけが違う。そもそも三左の取り分は場末の茶屋で酒の二本も頼んだら終わりになる雀の涙だ。酒が四本になるか二回分になるか、どっちにしてもそれが倍増しである。

雀の涙が二粒になるだけなら本当の意味で泣けてくる。そのくらいの勘定はわかる。現実に涙が出るからだ。

「なんで倍増しなんだ」

三左は次郎右衛門に膝を詰めた。

「ん？　実際には倍増しではないぞ。三倍増しもあろうかの」

ひぇぇと騒いで伝蔵が指を折る。

「ならそれでもいいや。なんで三倍増しなんだ」

「……多いか」

「そんなわけあるか」

三倍増しだとて場末の酒が六本になるか三回分……。

いや、そんなことなどどうでもいい。

「賭場が三倍増しになるなら小判の一枚くらいくれたって罰《ばち》は当たらないだろうが」

「そりゃ当たるわけなかろう。当たるならおぬしの方じゃ」

「なんでだ」

「儂も伝蔵も上がりが少ないときは少ないなりに我慢しておる。が、おぬしに払う所場代が変わったことはあるか」

ない。あるわけがない。変わるほど多くない。場末の酒二本だ。だから常々、値上げの交渉をしているくらいなのだ。

「ない中から工面して、せめて所場代はといつも苦労しておる。変わったことがないのだから定料じゃと気付け。それを今回は三倍にしてやると申すのじゃ。親、いや、爺い心以外のなにものでもないわ。そこに噛み付くなら、さあ、儂とおぬし、神罰が下るのはどちらかの」

「まあ……。いや、そういう理屈の話じゃねえだろう」

一瞬巻き込まれそうになり、三左は頭を強く振った。

「はっはっ。ご同輩、始まりましたな」

「場所が変わってもいやはや、変わりませんな」

近場にいたいつもの連中が、いつもの勝手なことをいい始める。

「これが聞けないと落ち着かないという」

「そうそう。特に今回は顔ぶれもだいぶ違いますからな。この遣り取りを聞くと安心しますな」

「で、結局いつもどおり勝敗の行方は明らかという」

「はっはっ。そこが変わることは天地がひっくり返ってもないでしょう。理詰めの話に道理じゃねえ理屈じゃねえといってしまったら、もう先は見えています」

睨み付けてやると首をすくめてこそこそするが、話の内容にはぐうの音も出ない。

三左はなんとなく馬鹿らしくなって元の席に戻った。

（まあ、これ以上減るもんじゃねえしな）

貧乏人ばかりが増えてどうしたもんかと思っていた賭場が大入りになったのだ。危ぶまれた所場代も、とりあえず場末の二本分は確保できた。上出来ではないが、無ではない。よしとする。金は天下を、おそらく回るのだ。

結局、賭場開帳の間中に雨が止むことはなく、この夜はいつになっても松平定信が顔を見せることはなかった。

意表を突く大入りに政吉は忙しく立ち働いた。賭場の中だけでではない。雨中に傘も差さず走り出、若い衆の一人と手分けして東奔西走である。

酒も菓子も茶も、用意した分がどう考えても少なかったからである。

「それも政吉よぉ。舌の肥えたお大尽やお旗本もごろごろいるようだ。値切った菓子や酒はいらねえ。なんなら無理を承知でどっかのな、気の利いた料理屋に頼んでこい。駄目なら屋台の箱寿司でも夜鷹蕎麦《よたかそば》でもいいや。とにかく、なんでもいいから引っ張ってこい。賑やかしくれぇにはなるだろうぜ」

上機嫌の伝蔵はそんなことを命じて政吉の尻をたたいた。伝蔵も浅草で顔の商人である。気配りは十二分に考える。

そんなわけで三左が見る限り、政吉は終始ばたばたとしていた。手仕舞いとなっても、客が多かった分、片づけにも手間取った。

なにせ、

「綺麗にせぇよ。綺麗に」

いつもなら手仕舞いと同時にさっさと奥に引き上げてしまう次郎右衛門と嘉平が、最後まで目を光らせて居座ったのだ。

雨の中をしゃちほこ張った正装、特に長上下の裾をからげて来た連中の残した泥汚れが、賭場として使っていた板間に幾筋もの轍《わだち》のようになっていた。そのまま畳まで続く筋もあった。

「伝蔵。当然、あれの取り替えはお前持ちじゃぞ」

何度も念押しする次郎右衛門に伝蔵は逆らうことなくうなずいた。三倍儲かっているのだ。畳の何畳かなど今回に限ってはおそらく屁でもないだろう。追加の仕出しやらを考慮しても、儲かったことは伝蔵の恵比寿《えびす》顔を見れば一目瞭然だ。で、とにかく内藤家は雑巾《ぞうきん》掛けまでする夜中の大掃除である。

「まっ。こんなもんじゃろ」

全てを仕上げて次郎右衛門の許しが出るころにはもう真夜中であった。政吉以下若い衆や中盆、壺振りまでが次郎右衛門の前に並んで肩で荒い息をし、許しと同時にへたり込んだ。

そんなこんなで、結局夕べに政吉がささやいた、例の件について話は持ち越しとなった。そんな話ができる雰囲気でも状態でもなかった。夜半を回り、伝蔵が帰りを急かしたということもある。

「だ、旦那。明日、みよしで」

整わぬ息のまま、鬢《びん》から汗をしたたらせながら政吉がいった。

「おう。で、その例の件についてってのを右門は」

「いえ、まだで」

「じゃあ仕方ねえ。右門も呼んどいてくれ」

「へい」

傘を広げた伝蔵が門前から、帰ぇるぜえと一同に呼び掛けた。

「じゃあ、明日ぁ、みよしってえことで」

三左に頭を下げ、政吉は一行の先頭に立って夜道に提灯《ちょうちん》を揺らした。

「収支が楽しみだぜぇ。政吉、帰ったらすぐ帳付けしとけよ」

「へいへい。わかってやすよ、やっときますよ」

端唄《はうた》まで出そうな伝蔵の上機嫌に政吉の声はやや押され気味に聞こえた。

「ん？　頼んだはいいが、てえことはあいつ、いつ右門を呼びに行くんだ？」

一人腕を組んで三左は考える。が、すぐに止めた。

浅草に帰って帳付けをしてから八丁堀に向かい、起こすか書き置きを戸口に挟むかでもして、また山脇屋に戻って人足の手配り。

実にちょうどだと三左は勝手にそう踏んだ。

「いやいや。政吉が寝ねえのを、俺も当たり前と思っちゃいけねえや」

うかと右門のことを頼んでしまった政吉に対し、後ろめたい気持ちがふつふつと湧き上がる。

せめて見送ってやろうと、三左は傘も差さずに門から外に出た。

政吉の提灯が、通りのはるか先で小さく揺れていた。

第四章　名店奈々井

一

翌日、まず最初にみよしに上がった三左は酒を舐めつつ右門と政吉二人の訪れを待った。

前日からの雨がそのまま降り止まぬ一日であった。堀もだいぶ水かさが増しているようである。

この時期は嫌んなっちまいますねえとぼやくおつたも同席だ。急な雨、一日だけの雨ならまだしも、降り続く雨の中に船宿に頼んでまで舟を出そうという物好きはそういない。

少なくともみよしは、梅雨時期と野分《のわき》の季節、毎年けっこう暇になるのだ。

暮れ六つ前からはや、おつたは三左の座敷に上がり込んでいた。四方山《よもやま》話などしながら久し振りの差しつ差されつである。

　この日も三左がみよしに上がるなり、おつたはいそいそと着替えて例の着物だ。おつたとて船宿の女将である。他に上物がないわけではあるまい。ようは気持ちだ。

「はい。どうぞ」

　酌をしてくれる姿も、いつも以上に艶《つや》っぽく美しく見える。その分、酒も美味い。着物の効果といってしまっては情がないか。過分な美味さは、そんなおつたの心映えの味だろう。

「あのよ」

「え？」

「その、なんだ」

「なんですよ」

「着物な、よく似合ってるぜ」

「ふふ。ありがと」

　言葉は短いが、笑顔は大輪の花と開いて見えた。次郎右衛門や嘉平の褒め言葉に開いた花よりも。

「でも、本当は最初のときにいって欲しかったけど」

「すまねえな」

「いえいえ。どういたしまして」

気持ちがなんとなく口にできる。通じる気がする。

久し振りの差しつ差されつは良いものであった。雨の音までしっとりと聞こえた。

「なあ、おつた」

しばらく互いに黙って呑んでから三左は声をかけた。

「はい？」

「やっぱり、もらうと嬉しいかい」

「なにを？」

「その」

手の盃を干す。照れ隠しであり景気づけだ。

「その、着物とか簪《かんざし》とかよ」

「そりゃあ嬉しいけど」

「買ってやろうか」

金欠の三左にしては一大決心である。が、

「お気になさらず」

おつたはころころと笑って手を振った。

「なんでだ」

「つけの三左に物をもらっても、それじゃあここで働いてるみんなに示しがつかないでしょ」

三左の盃に酒を満たしながらおつたはいった。内容はつれないが、声は真綿《まわた》のように柔らかであった。

(切ねえなあ)

言葉にせず三左は酒をあおった。

「でも」

空いた盃にまた酒を注ぎながらおつたが膝をずらした。見上げる顔が、体温が感じられるほど三左のすぐ近くであった。

「気持ちだけでも、十分だから」

三左の鼓動はどうしようもなく速くなった。

だが、

(きれいだなあ。お前ぇ)

とは、今度は思っても口にできなかった。切ないと引け目を感じてしまった分、想いはこれ以上外に出せなかった。それが三左の矜持でもある。

かえって硬い表情で顔を出窓に向ける。

雨にいくぶんの、雑な風が混じって聞こえた。

まず元気な右門、次いで案の定寝ていない様子の政吉がふらふらとみよしにやってきたのは宵五つになろうとする頃だった。

おつたも興味津々の態である。すでに一刻近くも呑んでいる。目はそれなりに据わっていた。

いつもどおりの駆け付け三杯を胃の腑に落とし、人心地《ひとごこち》つけてから政吉はおもむろに話し始めた。

遠州屋が永富町に越してきたのはおよそ一年半前のことである。まずはその前のことを聞き回ってみたが、同業者間での話はあまり要領を得なかったらしい。なんといっても遠州屋の昔を知る者があまりいなかったのだ。

それでも、たしか、そういえば程度の漠然とした話を集めに集めて当たりをつけてみれば、

「ありやしたよ。芝神明《しんめい》の方に。手狭になっちゃあ引越すのを、あっちの方で三度ばかり繰り返したらしいですがね。あっしが見つけたのは、その一番初めの店で」

芝神明時代の遠州屋は、間口二間《けん》ほどの小さな植木屋であった。地場に植木を売ったり、仕舞屋《しもたや》の庭木の手入れをしたりで細々とした商いの店であったという。番頭代わりの女房の他には、手代一人に丁稚《でっち》二人の所帯であったらしい。

「話し好きの町役人《ちょうやくにん》をとっつかまえやしてね。まあ余計なこともずいぶん聞きやしたが、必要なこともそれなりに詳しく知ってやしたよ」

その小商いに転機が訪れたのがおよそ五年前、遠州屋の女房が流行病《はやりやまい》で亡くなった頃だという。夫婦に子供はいなかった。

「——で、寂しさの紛らわしもあってな。なんでも足しげく通い始めた吉原半籬《はんまがき》の、昼三《ちゅうさん》女郎が福の神であったようでな。その取りなしで上得意を見つけたらしい。だからな。

羽振りがよくなってからその女郎を請け出し、どこぞに囲ったらしいぞと、町役人はそこまで知っていた。

いきなり遠州屋が城中の庭木を納める話になって、近所中で驚いたともいった。

「仲のいい遊女同士のそれぞれの馴染みがって話でした。吉原にも聞きに行きやしたからね。間違いありやせん。やっぱりそれが、松倉でした。ただね」

政吉は盃を重ねながら目を擦《こす》った。眠気が襲ってきているようだ。三左はそれとなく政吉の手前から銚子を遠くに離した。

右門が阿吽の呼吸で受け、それをさらに遠ざけると席順の関係でおつたの前になった。政吉にはてんで気づいた様子はない。

「聞くだけならうらやましい限りのご縁の話だ。いい客捕まえやがったで終わっちまう。けどですね。こりゃあ、その店を見ねえとわかんねえかもしれねえが、本当に小《ちい》せえんです。御用達《ごようたし》のどんな商いしたって、そっから三年半くれえであの永富町の店構えは有り得ねぇ。有り得ねえくれえだから、同業者も遠州屋をよく知らねえんですよ」

いいながら政吉は手探りで自分の銚子を探した。が、あるわけはない。三左と右門の連携によって遠ざけられた酒は、おつたの手によって右門の盃に注がれていた。

「あっ。女将、そ、そりゃあ、あっしの酒ですぜ」

「へえ？」

「もうちょっと待て。せっかく調べてきたことを後回しでどうする。まずは話してからにしようぜ」

ぐらぐら揺れ始めたおつたに代わって三左がいった。おつたはかろうじて、そうそうと適当な相槌だけは打った。だいぶ出来上がっている。

それをいわれちゃあ仕方ねえとつぶやき、政吉は話を続けた。

「遠州屋。ありゃあ臭《くせ》ぇですねえ。ぷんぷんと臭ぇ。なら松倉ってえ勘定役もきっと同じ臭いがするに違いねえんです。ただね、旦那方。商売ってなあ、荒稼ぎをすればするほど波風が立つもんなんですがね。遠州屋に限ってはそれがねえ。てことは遠州屋の頭が回るのか松倉が切れるのか。なんにしても、周りが指くわえてるしかねえくれえ、相当に上手くやってんでしょう」

今のところ不正の証拠はねえし、だから下川武平の件との関わりもあるんだかないんだか皆目《かいもく》なんでさあ、と政吉は悔しそうに膝をたたいた。

さらに、しかもねえ、となぜか溜め息混じりに遠い目をする。賭場の支度に来たときの、まあ後の後でも、いつでもいいんですがといった、あのわけのわからぬささやきに似た調子である。

「なんでえ。もしかしたらこっからが本題かい」

「へえ、そうなんで。実は」

政吉は首を叩きながら身を縮めた。

「遠州屋には丸眼鏡の番頭がいやしてね。例の早朝も松倉んとこへ行く主の駕籠を見送ってたくれえですから、松倉絡みの繋《つな》ぎにはこいつが動くんじゃねえかと睨んでたんですが。で、ちょうどどこの番頭がいそいそと出掛けることがありやして。気になったんで跡をつけてみやした。するってえとですね」

とある料理屋に入った丸眼鏡は、そこで座敷の予約をしたらしい。後に出入りの振り売りを装い、勝手方でそれとなく丁稚の小僧に聞けば、近々遠州屋は梅雨見舞いと称して松倉小十郎と一席持つということであった。

ここでまた政吉は溜め息をついた。いやに切なげに響き、座敷中を這い回るようだ。

「しかしああいう連中は、どうしてみんな同じなんでしょうね」

「なんだ。どこだ。もったいぶるな」

焦《じ》れったげに聞いたのは右門である。

「もったいぶってるわけじゃねえんですが。いうのもなんかはばかっちまいやして。それがですね」

『奈々井《なない》』なんでと、申し訳なさそうに政吉はいった。

たしかに聞いた途端、一瞬三左も右門も動きが止まった。

奈々井は卓袱《しっぽく》の『百川《ももかわ》』と並ぶ、江戸前料理の名店だ。値段だけでいえば百川より奈々井の方が高いと聞いた気がする、ようなしないような。縁がないから三左には正確なところはわからない。

「まったく、ああいう連中と来たら高ぇ店ばっかりで。たまにはこっちの身になって」

政吉はいったん言葉を切り、ぐるりと座敷内を見渡した。

「こんくれえのとこでやってくれりゃあ助かるんですがね」

政吉の悪気はない愚痴に、三左は思わず首をすくめた。

こんくらいのとこで悪かったわねと返す刀でおつたの怒声が掛かり、盃の一つも飛ぶと思ったからだ。

が、予測に反してなにも起こらなかった。静かなものである。

見ればおつたは、座ったままですでに白河夜船《しらかわよふね》であった。

「おいおい。気をつけろ、政吉」

三左がいえば、察して政吉は舌を出した。

「ああ、すいやせん。つい本音が」

「三左さん。それにしても、ですね」

右門が渋い顔で腕を組んだ。

「また三左さんとこの賭場で、伝蔵になんとかしてもらいますか」

それは松平定信暗殺未遂の折り、密談場所の百川に上がる資金を捻出すべく、右門が取った手である。御用聞きの開く賭場に同心、それも十手《じって》を預けた親にも等しい直々の同心が顔を出せば、絶対に損をさせることはあるまいと踏んで乗り込んだのだ。ある意味禁じ手、飛び道具といってもいい。だが、結果として読みどおりに三両二分を得た。またその手を使うかと右門はいうのだ。

「そうだな。伝蔵も昨日の変な賭場で、たいそう儲かって気をよくしてるだろうしな。右門、またそれでいくか」

「ああ、旦那方。それはもう使えやせんぜ。ってえより、使わねえ方が身のためだ」

両の目を擦り擦りしながら政吉がいった。

「なんでぇ」

「親分はよっぽど悔しかったらしくてね。あのあと五両も使って、どっかの偉《えれ》ぇ坊さんだか学者先生だかに、そういったときの対し方を頼んでやした」

「なんだそりゃ。どういうことだ」

「どういうことかは詳しくは知りやせん。旦那方に洩れるといけねえってんで、あっしは蚊帳《かや》の外で。ただ、最後に親分が大事そうに抱え込んできた手書きの、表書きだけはちらと見やした。ああいえばこういうの覚書とか、禁じ手には禁じ手ってぇありましたかね。うちの親分は字が汚《きたね》ぇんで、間違ってるかもしれやせん」

おそらく間違ってはいないだろう。

「なんにしても、右門の旦那が来たら今度はって笑った親分のあの顔は、なんかしらねえが子分のあっしがいうのもなんだが、寒気がしやした」

三左も右門も押し黙った。まさかとは思いながらも、もしと考えたらそら恐ろしい。なけなしを奪われたら、屋敷の中にいても三左は路頭に迷う境遇だ。右門もそれは大して変わらない。

「どうします」

右門が聞いてきた。一か八かを問うているのだ。

「ん？」

と、そのとき三左の頭に一人の男の顔が浮かんだ。

「おっ。あの爺さん」

頭を右に振り左に振りして再考してみるが、聞いてみる価値は十分以上にあった。

「なんですかい、旦那」

政吉がのぞき込んでくる。

「おお。俺にな、少しばかり考えがある。胸を張って任せとけとまではいえねえが。まあ、しばらく預けちゃくれねえか」

口では自信なげなことをいいつつも男臭く笑って盃を傾ければ、おつたがこてんと三左の膝に倒れ込んできた。

二

翌日は久し振りに朝から雲一つない、晴れ渡る一日だった。朝陽が気持ちいいほどである。梅雨の晴れ間の、いわゆる五月晴《さつきば》れであった。

「へっへっ。遠出を決めると晴れやがる。俺ぁ、晴れ男かね」

門から外に出ようとすると、早朝にもかかわらず、お早うございますと吉田孫左衛門の娘、菊乃が入ってきた。

「よう。早いな」

「はい。また仕立て上がりのお届けがあったものですから」

三左とは行き違いばかりであったが庭の景色がいたく気に入ったようで、近ごろ菊乃はよく仕立物を届けるついでに上平右衛門町の内藤家に顔を出すらしい。

よく顔を出すとは、この近くに上得意が出来たということだろう。吉田家は内藤家同様、絵に描いたような貧乏御家人家である。菊乃の針仕事が増えることはいいことだ。

が、

「そうかい。それにしてもよ、こんな朝っぱらからってこたぁまた夜なべ仕事かい。仕事もいいが、身体ぁ壊すなよ」

「はい」

ねぎらえば菊乃は嬉しそうに笑った。近ごろは届け物で外に出る機会が増えたせいか、十七歳の年相応に明るく朗らかになり、美しさに磨きがかかってきたようである。

「ま、この屋敷の庭は菊乃の仕事疲れを癒すにはもってこいだろう。ゆっくりながめていきな」

三左は菊乃の肩を軽く叩いた。

「あ、内藤様はお出掛けなのですか。こんな朝早くから」

菊乃はなぜか複雑な顔をした。

「おう。野暮用でな」

足を踏み出す。すると追いすがるような声が菊乃からかかった。

「なんだい」

「いえ、あの。――内藤様。離れてみるとわかることもあると、私は初めて知りました」

なんのことやらよくわからない。

が、聞こうとすると菊乃は頬を少し赤らめ、

「なんでもございません。いってらっしゃいませ」

と小さく頭を下げ、小走りに玄関へと向かった。

狐につままれた気分で三左は見送り、首筋を搔いてやおら天を見上げた。よく晴れていた。

「へっ。女心となんとやら。秋にはまだまだ早ぇが、女心ってのはあの年頃の娘でもよくわからねえや」

苦笑いを残し、三左は通りに向かって袖を揺らした。

三左はその後、神田川沿いに出て土手道をぶらぶらと歩いた。用件は急ぐことでま

とまるようなものでもなかったし、目指す場所も遠いとなれば、労力は最小限に抑えるに限るのだ。

三左の目的地は上駒込染井村の、植伝《うえでん》であった。

店先で案内を請うとすぐさま若い衆が現れ、以前草助とともに訪れたことを覚えていたようだ。ああこれは下川さんのと笑顔で腰を折った。

そのまま通されたのは前回と同じ、庭が一望できる客間であった。雨上がりだからか、以前よりもさらに強く草木の香りがした。

内藤家の庭と趣はまったく違うが、見飽きることのないという意味では同じような、よい庭である。

「お待たせ致しました」

やがて植伝の主、林伝兵衛が入ってきた。

「その後、下川様はいかがですかな」

「いかがもなにも、好き勝手に野放図に偉そうにやってるぜ。かといって、誰にも真似できねえ庭のいじり方すんだから文句もいえねえ。まあ、俺んとこにも口やかましい爺さん連中がいるんだが、それに手出しひとつさせねえだけでも大したもんだ」

「はっはっ。下川様は、そういうお方ですからな。内藤様のお屋敷に足しげく通うようになったせいか、ご注文には見えられますが、あまり言葉を交わす暇もなく。いや、お元気ならそれで」

　伝兵衛は目を細めて笑った。心底から嬉しそうである。入ってくるなり聞くことがまず草助のこととは、孫のようでとの言葉に嘘偽りはなく、本当にそう思っているのだろう。

「で、内藤様。本日のご用件は」

「おう。それそれ。実はな」

　三左は膝を打ち、これまでの調べを洗いざらい伝兵衛に語った。ただ、遠州屋と作事方勘定役、松倉小十郎の役職と姓名は伏せた。植伝にとっては仕事柄、今後も顔を合わせなければならぬ男達だ。下手《へた》な勘ぐりをされて関係が悪くなり、実際二人が下川武平の件にも不正にもなんの関わりもないとなったら、ただ植伝の商売に差し障りが出るだけになる。

　と、三左でもひと晩あればこのくらいの、いわゆる大人の事情は考えられる。

　伝兵衛は剣気にも似た濃い気を発散させながら終始無言で三左の話を聞いた。

「でな。無駄金になるかもしれねえ。ただ、無駄なら無駄で、無駄だったってわかるだけでも使う金は無駄じゃねえはずだ。有りだろう。てえことで」

　五両、いや三両なんとかなんねえかと三左は頭を下げた。

　告げたのは適当な見込みである。実際奈々井がいくらなのかは知らない。ただ、あったらあっただけ使ってしまうのはわかっていたから、五両を三両は気が引けた分の値切りであった。

「わかりました。よろしゅうございます」

孫みてえな草助のためじゃねえかと、最後には拝み倒してでもと覚悟していた三左の意に反し、伝兵衛の答えは拍子抜けするくらいに呆気《あっけ》ないものであった。

「……へ?」

一瞬わけもわからず顔を上げるのが遅れただけで、伝兵衛の姿は三左の眼前にはなかった。衣《きぬ》ずれが少し離れたところで聞こえた。

ふたたび現れた伝兵衛の手には袱紗《ふくさ》包みがあった。

畳の上を擦るように差し出された包みは、重さといい厚さといい三両ではありえなかった。五両でもない。

「十両ございます」

「はあ?」

重ねて三左が間の抜けた声を出す。

受けたのは伝兵衛の、実に柔らかな笑顔であった。

「下川様のために使って頂けるのでしたら、これくらい惜しいものではございません。どうぞ、お納め下さい」

畳の上の十両と伝兵衛を交互にながめ、とりあえず三左は袱紗包みを手前に引き寄せた。

「下川様のためってな、武平さんの無念ってことかい」

「それもございます」

「それもってことは」

「草助様から不穏不測を取り除き、なにごとに煩わされることもなく、ただ庭木に専心して頂くため」

「ほほう」

三左は袱紗包みを取り上げ、懐にしまった。なにやら小判十枚以上に重い気がした。

「孫と思えば、そこまで可愛いかい」

「それもございます」

「またそれもって、それだけじゃねえのか」

「おや」

伝兵衛は大仰《おおぎょう》に驚く素振《そぶ》りで目を丸くし、次いで悪戯《いたずら》げな顔で丸くした目を細めた。

遠くからというか、やや上から見る目である。見慣れた感じがした。どこでと考える間もなくはたと気がついた。自分の家の、爺さん連中に通じる目であった。

「内藤様。お屋敷の庭を見ておわかりになられませんでしたか？　なるほど。そちらのご隠居様のおっしゃるとおりだ」

「なんだぁ。うちの爺さんだあ！」

今度は三左が驚く番であった。ただ伝兵衛の素振りと違い、三左の驚きは心底である。見られたくないものを見られてしまった、羞恥にも似た狼狽《ろうばい》であった。

「な、おい。なんで、なんでまたうちの爺さんを知ってるんだ」

伝兵衛は三左の語気をかわすように軽く笑った。

「知っているもなにも、この間、庭の手入れ代だとわざわざ支払いに見えられましてな。大枚を置いて行かれました。そのさい、いい庭だと、あれはおそらく父上の力量だけではないなとご隠居様は見抜かれましたが」

「ん。どういうことだ」

「ついでに申さば、うちの剣術馬鹿にはわかるまいともおっしゃいまして。それでつい、なるほどと」

「放っとけ」

三左が口をへの字に曲げて腕を組むと、伝兵衛がずいと身を乗り出した。

いきなりの動作に押されて三左はのけ反った。どうしてこう爺さん連中は、そろいもそろって意表を突く動きをするのだろう。

（おっ。そういえば）

昔、次郎右衛門に聞いた言葉を思い出す。

──歳取った身体を動かすのはな、情だ。情に突き動かされてはじめて、身体は若い者に負けんほどの自在を得るんじゃ。まあ、儂の半分も生きとらんおぬしにはわからんじゃろうし、わかったところでどうも変わらんだろうし、もっといえば、若造などにわかられてたまるか。

そのときはなんのことやらと思ったが、今さらながらになるほどと思う。意表は情の動きだからだろう。

「内藤様」

気がつけば伝兵衛が近くからじっと三左を見ていた。目に存外の力と熱が籠《こ》もって見えた。

「孫であるとかないとか、そういう些末《さまつ》なことではないのです」

伝兵衛が緩く首を振った。

「……些末、かい」

三左には、いきなりの肩透かしを食らった感があった。今、情と理解したばかりである。なら伝兵衛の動きは、孫への情愛以外のなんであろう。

「内藤様はおわかりではないのでしょうが、下川草助様は天才なのです。それも父上を超えるほどの、植伝などと持ち上げられる私が恥ずかしくなるほどの、でございます。真っ直ぐ育てば、いずれ必ずや世に名を残す作庭家になられましょう。その天与の才を蒼天にすくすくと伸ばすためなら、私は、この植伝の身代すら惜しむものではございません」

おわかりではないのでしょうがといわれ、実際わからなかった三左は口ごもるだけで、その先はなにもいえなかった。

伝兵衛は元の座に戻り、ふっと小さく笑った。

「いってみれば下川様自身が、私が庭師として手掛ける最後の、そして一番の庭ということになりましょうか」

そういうことかと、内心で三左は手を打った。

やはり情である。だが、たしかに孫への情愛ではなかった。ここにも一人、庭馬鹿がいた。

「それはそうと、この件で万が一、下川様になんの危害が及んでもいけません」

伝兵衛は懐から財布を取り出し、数えて小判を三左の前に並べた。三両あった。

「そのようなことのなきよう、なにとぞお力添えを」

客間に差し込む陽の光に黄金の輝きを眩しいものに見ながら、三左はただうなずいた。

三

それから二日後の夕刻、三左は右門とともに日本橋室町《むろまち》にある江戸前料理の名店奈々井に、必要がないくらい堂々と胸を張ってあがった。

少しくらいは残してと右門はけちくさいことをいったが、三左は気にせず鼻薬込みで十両全てを使った。庭馬鹿の、情の金である。分けて残すのもなんとなく気が退けた。

が、当然別金の三両のことは右門には内緒である。口が裂けてもいうつもりはない。情の金は分け得ぬものだからと一人納得する。

いずれにしても大盤振る舞いの甲斐あってか、恵比寿顔の仲居頭の案内で、予約以外の座敷はどこであろうと好きに選べた。

遠州屋の予約は二階の、一番奥まった座敷であった。続きの間が手前にあって、隣の座敷からでは話し声も聞こえそうにはなかった。で、ちょうど空いていた向かいの座敷に三左らは入ることにした。やけに広く、二人で差し向かいは寂しいくらいの座敷であった。さすがに十両という金の価値は恐ろしいものである。

「ここに男二人は、なんか妙じゃないですかね」

右門が居心地悪そうに尻を動かした。

「その動きの方が妙というか気色《きしょく》悪いぞ。でんと構えろでんと」

いいながらも三左とて慣れているわけではない。座敷の広さを無視して右門と差し向かいの位置に腰を下ろす。手慣れたみよしの位置、ともいえる。

すると、まず酒を手ずから運んできた仲居頭の目が、座敷に入るなり忙しく動いて細められた。そうして膳部と酒を調えて出てゆく頃には、今度はその目が、わかってますよと訴えかけてくるようであった。

「さすがに名店の仲居頭、っていってもいいんでしょうね。間違いなくなんか勘ぐってましたよ」

「仕方ねえ。言い訳すんのも面倒臭ぇし、それならそれでいいやな。呼ばなきゃ来ねえって顔してた。都合がいいじゃねえか」

「ものはいいよう、ですか。でもね、三左さん」

「なんだ」

「膝枕はいやですよ」

「阿呆っ」

そうこうしているうちに、やけに遠くから仲居頭が先付けお持ちしまぁすと声を掛けてきた。

先付けは焼き豆腐の賽子《さいころ》田楽であった。柚《ゆ》味噌《ず》がこの上なく美味かった。さすがに名店である。

三左も右門も貧乏性丸出しに、賽子のごとき田楽をさらに千切って口にしながら酒を呑んでいると、やがてようやくといっていい頃合いに遠州屋達がやって来た。暮れ六つ間近のことであった。ちょうど店内に人声が高くなり始めた頃である。怪しげな会合には上手い時分だ。

「おっ。来たようだぜ」

「そのようですね」

が、向かいの座敷に入る足音を聞いて三左と右門は顔を見合わせた。

「ちぃとばかり、しまったかな」

「ええ。しまいましたね」

来るのは、てっきり遠州屋と松倉だけだと思っていたのである。すでに二人の身元は明白であったし、住まいも探らなくともわかっている。だから、特に政吉らの手配りはこれといってしていない。

だが、聞く限り足音は三人分であった。

「誰ですかね」

「わからねえが、とりあえず話を聞くしかねえだろう」

「そりゃあ、そうですがね」

右門は膝前に視線を落とした。

膳の上には、素焼きの平皿に載せて運ばれたばかりの穴子の煮付けがあった。穴子からは、煮上げられたばかりを示すいい香りが部屋中に立ち込めるようにして漂っていた。実に美味そうだ。高い店とわかっているから、ことさらに美味そうである。

右門の考えはいわれなくともわかった。

穴子をながめ、三左と右門はふたたび顔を見合わせた。

「とはいえ、まずは、な」

三左がいえば、右門が我が意を得たりとばかりに大きくうなずく。

「あっちの席だって、なにもすぐにあくどい話を始めるということもないでしょう」

「そうだな。で、こっちがいい調子になる頃には、あっちもいい調子になって口が滑る、となる」

「そうですそうです。身体でまずはその辺を計らないと。運ばれてくる料理にも手付かずでは怪しまれますし」

「宴席に来て追加の銚子を頼まないのも、怪しまれるしな」

さもしい会話が続く。

ひと頻《しき》りをいい合って会話が途切れると、やけに間合いが空疎であった。

「……食うか」

「そうしましょう。結局穴子も冷め始めてますしね。なんか今の話、凄く無駄だった気がします」

それでも三左は下川草助のためならと金を出してくれた伝兵衛への、右門はおそらく同心としての職務を一時放棄することへの、それぞれの後ろめたさも手伝ってか、二人は申し合わせることなどせずともほぼ同時に箸を取り上げ、手を合わせつつ頂きますと声をそろえた。


さらにそれから半刻も経つと、奈々井の店内は随分と賑やかになった。呼び出しの芸者が爪弾《つまび》く三味線の調べも流れれば、仲居らを呼ぶ声、あるいは呼ばれた返事もそこここから響く。

この頃になると、三左も右門もそれなりにいい様子である。空けた銚子もそれぞれ五、六本になろうか。

遠州屋らが来る前からの分も合わせ、都合二本を呑んだところで気分も手伝って仲居頭を呼び、

「わかってるよな」

「ええ、ええ。それはもう」

「さすがに名店の仲居頭だ。なら板場には悪ぃが、運べる料理はどんどん運んじまってくれ。ついでに酒も四、五本な」

「承知しました。うふふ」

ことさら右門と膳部を寄せ合ってそんなことを頼む。

料理が出そろい三本目を呑み終えたところで、誰も来ないことをたしかめると三左と右門はそれぞれの膳部を内障子の近くまで寄せた。

そのときはなにがしかの声が向かいの座敷から聞こえたからまだよかったが、四本目を空ける頃には店内の騒がしさも手伝って皆目になった。

「ちっ。仕方ねえな」

酔いの大胆さもあってか三左は内障子を引き開け、敷居を跨《また》ぐように膳部を配すると廊下に足を投げ出すようにして座った。

「息を殺してても、うっかり気が洩れることもあらあ。なら案外、こうして大胆にしてた方が、変な客が向かいにいやがるくれえに見えるんじゃねえか」

障子を開ける前には、いちおう右門にそういった。

半ば酔眼の右門の答えは、なんでもいいです、だけだった。

実際、遠州屋の座敷に呼ばれる仲居はみな、向かい座敷からはみ出す三左と右門になにもいわなかった。

「ほらな。こんなもんだ」

と小声で右門にいいはしたが、仲居らの目は多少気になった。

みな、わかってますよと訴えかけるような目であったのだ。

さすがに名店である。仲居頭の口の軽さも図抜けているようであった。

そうして、六本目の今である。

敷居辺りにいればかろうじて、遠州屋の座敷の話し声は聞こえた。もっとも、店内の騒がしさと歩測を合わせるようにして遠州屋達も酔いは回ってくる。声をひそめているようで次第に密談の声も緩んでくると、そういうこともあったろう。

「はっはっ。『大垣楼《おおがきろう》』の話はわかった。儂も飽きが来ていたところじゃ」

少々高く、癇《かん》に障る声である。聞いたことはないがおそらく、それが松倉小十郎であろう。大垣楼には聞き覚えがあった。政吉の話に聞いた、遠州屋と松倉を繋いだ吉《よし》原京町《わらきようまち》二丁目の妓楼の名だ。

「金でけりがつくなら造作《ぞうさ》もなかろう。なあ、遠州屋」

「それはもう。ええ。お任せ下さい」

咽《のど》に脂《あぶら》がついた声だ。遠州屋に違いない。

「内所《ないしょ》をいいくるめて、そろそろ総籬《そうまがき》にでも移るとするか」

内所とは妓楼の主のことである。倹約文武が叫ばれる世の中に、景気のいい話だ。

「ところでな、遠州屋」

松倉が口調を少しばかり改めた。まだもう一人の声は聞いていない。

「なにやら町方風情が畑違いに下川のことを探っておるようだが」

三左は思わず膝を打ちたくなった。どうやら大当たりだ。

そう思って右門はと見れば、酒が回ったようで今にも白目を剝きそうであった。

出そうな舌打ちをこらえ、盃を飛ばして額にぶち当てる。

「あっ。なにをするんですか」

おそらく状況を失念して右門が声を上げる。

「この、馬鹿っ」

慌てて三左は座を立ち、右門の襟首をつかんでそのまま座敷内に引きずり込んだ。

勢いで、絡みつくようにして畳の上に二人が転がる。

遠州屋の座敷から一人の男が飛び出してきたのはちょうどそのときであった。足音も外に出ようとする気配も、ぐだぐだの状態であるとはいえ三左には感じられなかった。なかなかにできる男のようである。

「ややっ」

声には多少の廉恥《れんち》と狼狽が聞こえたが、絡みついて右門の下になった三左に男の顔は見えなかった。

「おぬしら、ここは料理屋じゃ。場所柄をわきまえたがいい」

それだけ吐き捨てると男はすぐ座敷に戻っていった。

三左と右門は互いを目でなじりながら元の座に戻った。

「どうも念者《ねんじゃ》のようで、いやはや、見たくないものを見てしまいましたわい。奈々井もどうしてそんな客を上げたものか。しかも我らの座敷の向かいに」

聞こえ来る男の言葉には泣きたくなるが、どうしようもない。

が、どうも悪いことばかりではなかったようだ。怪我の功名もついてきた。

「いえいえ。かえって向かいがそういう輩だとわかった方が、こちらも気兼ねなく呑めるというもの。はっはっ。奥に座敷を取ってようございました」

勝手にそう思ってくれればめっけ物だ。

「で、遠州屋。先の続きじゃが、その方らに抜かりはなかろうな」

話も途切れてあらぬ方向に向かうということはなさそうだ。こうなれば念者と思われても上々だ。

「はい。それはもう。なに、もうすぐ一年。ようやく、いらぬ影に怯《おび》える日々も終わりましょう」

「さよう」

あの男の声である。

「一年なにもないとは、この先も同様にしてなにもないということでござる」

「その一年、庭を見続けろと下川はいったのであろうが。返す返すも口惜しい。それを明屋敷となる前に知っておれば、こちらの手でいかようにもなったものを」

「もちろん、下川の倅には目を光らせております。が、元の屋敷になにか残された様子はなし。一年とは、本当に下川がただ、庭の草木を気にしただけのことでは」

「まあ、あの偏屈の庭馬鹿なら考えられる。だからこそ逆にいえば、一年も気にしなければならんということもある」

松倉の声は苦々しげにして、向かい座敷を気にしなくなったからか聞き取りやすくなっていた。

「それはそうと、近頃あの屋敷に明屋敷番が入ったらしいではないか。口さがない城《しろ》雀《すずめ》の噂では、ご老中の手先らしいとも縁《ゆかり》の者らしいとも聞くが」

「そうそう。そこでございますよ。手前などはもう、このところそればかり考えて寝るに寝られず」

割って入る遠州屋の声に真剣さが聞こえた。なるほど遠州屋は小心者か。

「いやいや。それがしが推察致しますには、由緒だけ正しいどこぞの貧乏旗本が役でも願ってねじ込んだだけでござろう。なんといっても賭場を開くような輩でござる。

手といえば手というか、ご老中の伝手の者であるのはたしかなようでござるが」

「やはり」

「ただ先般、大きな声ではいえませんが、ご老中がお忍びにて、あの屋敷の賭場に出向いて遊んだとか」

「なに。あの四角四面のご老中がか。たしかか」

「はっはっ。たしかもなにも、近所中が一時それで大騒ぎであったと。ご老中の四角四面はそれがしも聞き及んでおりますが、どうしてどうして、もしかすると、密かな息抜きの場を欲してあの屋敷に目をつけ、とも考えられましょう」

「ふうむ。あのご老中がな」

「その証拠といってはなんでござるが、明屋敷番として入った内藤家の当主をそれがし、一度だけちらと見掛けましたが、まあ、あれは考えなしに動くただの無頼漢でしょう。どちらかといえば隠居の爺さんの方が曲者《くせもの》なくらいで」

（の野郎っ）

こめかみに血管を浮かせ思わず立ち上がろうとする三左を、今度は右門がそれこそすがりつくようにして止めた。

すると三左らの隣座敷からちょうど、空いた器を手にした仲居が出て来た。

三左と目が合うと、もう驚きも動揺も見せることなく静かに寄り来て、

「お可哀想じゃありませんか。なにがあったか知りませんが、先に一人で帰ろうなんて野暮ですよ」

と耳元でささやき去ってゆく。

そうじゃねぇ、なにもねぇといいたいが、この状況ではなにをいっても無駄だろう。どうにもならない間の悪さによって、もう右門と三左が理無《わりな》い仲の男二人であること奈々井の中では皆の周知となるに違いなかった。

(勝手にしろ)

その後ろ姿を茫と見送り、三左は視線を下に下ろした。

右門がまだ膝下にすがりついていた。酔眼が見ようによっては艶っぽく見えないこともない。

(いけねぇいけねぇ。俺ぁ、そんなんじゃねぇぞ)

頭を振り、慌てて三左は右門を蹴り離した。なぜかよよとして、芝居のようにしどけなく右門が廊下に手をつく。

と、こういうときに限ってまた、新規の客を案内する仲居が二階に上がってきて、客は目を丸くし仲居は微笑《ほほえ》んで座敷に消える。もうわけがわからない。

(へん。どうとでも思えってんだ)

三左と奈々井との相性か、たんに三左の厄日なのか知らないが、考えぬことにして元の座に腰を下ろし、三左は迷うことなく銚子を取り上げ残っていた半分ほどを一気に呑み干した。

あらためて向かいの座敷に意識を傾ける。

三左らが勝手にどたばたとやっている間にも、遠州屋方の話は進んでいるようであった。

「ただな、遠州屋。もうすぐ一年と考えればすべてに緩もうが、まだ一年にならずと考えるなら、今こそが引き締めねばならんときじゃ」

偉そうなことをいうが、松倉の声がすでに酒で緩んで聞こえた。

「手前は商人でございますから、石橋でもたたきとうございます。はっはっ。というか、もともとの性分ですな。その一年に向かうこのところの一日一日がもう、怖くて恐ろしゅうて」

遠州屋も同様だ。が、

「大事ござらん。それがしが見張っておりますれば。まあ、なんにしても」

この見知らぬ侍だけは別だ。酒豪なのか呑んでいないのか知らぬが、酔いは声から聞こえてこない。

「なんにしても松倉様が」

「しっ。名は出すな。どこに誰がおるかわからぬ。向かい座敷にも念者がおろうが。

乳繰り合うのに夢中でも、聞こえれば名くらい覚えよう。それこそが、引き締めねばならん今に見える緩みじゃ」

　聞いても三左は平然としたものである。諦めの極致にいる。念者で結構。もう動じることはない。

「おっ。これは失礼。が、ご心配には及びませぬ。そのための、それがしでござる」

「うむ。おぬしの腕は知っておる。ならばこそな、なにか起こりそうであれば、その前に下川の倅を」

「はっ。彼《か》の折りのごとく」

　三左は取り上げた盃を口元で止め頬を吊り上げた。それこそがないならない、あるならあるで聞きたかった言葉にして、ある意味大当たりだ。

「頃合いはまかせる。ただ、万が一にもしくじりのないように」

「はっはっ。なんなら、今すぐでもようございませんか」

　最後の言は遠州屋である。

　これ以降、話の内容に大して聞くところはなかった。四半刻もして、では繰り出しますかと遠州屋が手をたたいたのが締めだろう。

　目で右門に合図をし、それぞれの膳を座敷に戻して障子を閉める。その際、指に唾をつけて障子に穴を空けることは忘れない。抜かりはない。

が、ではではと遠州屋に先導されて出る二人はどちらも黒の頭巾《ずきん》をかぶっていた。所作でどちらがどうとの見分けはついたが顔は見えない。

一行が階下に去るのを待って三左は障子を引き開けた。

「ふん。どこのどいつだか知らねえが、考えなしの無頼漢とはよくいった。ならお望みどおり、無頼にさせてもらおうじゃねえか」

「おっとっと。ん、ああ、なにか仕掛けますか」

この期《ご》に及んで右門はまだ盃に酒を注いでいた。

身体の揺れがだいぶ大きくなっている。耳に届く話は半分くらいか。

「おう。あの遠州屋にな」

「へえ」

「寝られねえの怖いの恐ろしいのってなぁ、気が弱い証拠だろうぜ。突っつくならあれに限る」

「ほう」

案の定、どうでもいい返事だ。

「それにな、やつらの話に草助の名も出た。となっちゃあ待ってられねえ」

「はあ」

三左は立ち上がって窓辺に向かった。出窓を開ければ心地よい風が入ってきた。酔い覚ましにはちょうどいい。

「植伝に頼まれた分もある。草助に万が一があっちゃあたまらねえ」

右門からの返事はなかったが、妙な視線が背に刺さる。

振り返れば、右門の目に正気の光が灯っていた。

「もらったんですか。植伝から」

「あっ。い、いや、やっぱり右門よぉ。慣れねえことはするもんじゃねえな」

三左はできる限りの笑顔で、さも凝ったといわんばかりに首を回した。

「もらったんでしょう」

「いやあ、どっと疲れが出る。餅は餅屋で、こういうことはやっぱり、政吉らにまかせるに限るな」

「もらいましたね」

「……まあな」

右門は酔っていてもこういうときばかりは切れ者の勘を示し、結果、三左は伝兵衛からもらった三両の半金を失うこととなった。

四

永富町の遠州屋に三左が向かったのは、いきなりの翌日である。

それだけ件《くだん》の侍の言葉にむかっ腹が立ったということもあるが、それ以上に気にしたのは天気であった。どうにも朝から湿り気を帯び始めて重い空の色が、また雨の近いことを知らせていた。

酒の勢いもあり、前夜のうちに三左は、たたき起こしてまで寄った馴染みの古着屋から、誰が見てもわかるほどに上等な小袖と袴をひと揃え借り出していたのである。

店先で小僧やら手代やらにあしらわれることなく奥の遠州屋に辿り着くには、いつもの色褪《いろあ》せた着流し姿では、

（まず無理だな。間違いねえや）

情けないと思いつつも、これは動かせぬ事実であった。

といって、三左はそんな衣紋《えもん》を持っていない。次郎右衛門はそれなりの衣裳持ちであったが、こっそり持ち出そうにも三左と次郎右衛門では体格が違いすぎた。いかに上等な着物でも、脛《すね》から下を丸出しではあまりに間抜けだ。

寝入りばなをたたき起こされた古着屋は機嫌が悪く、本当は売りてえところだの、

後の洗い張りが面倒だのとぶつぶついい、ようやく折り合いがついた金額は二分であった。妥当であるかどうかは判然としないが、手持ちの一両二分は動かぬところである。割合としてえらい出費である。加えて雨にでも当てたら、どんな追加をふんだくられるかわからない。といって、降り出したら何日続くかわからぬ雨のあとまでと引っ張れば、これもどれだけの追加をいわれるか知れたものではない。

だから、多少二日酔いの残る身体を無理に動かし、この日に遠州屋に向かったのである。

「ご免」

三左が遠州屋の暖簾を潜ったのは、朝四つ時分であった。

遠州屋の店内は構えとは裏腹に深閑としていた。おそらく松倉との取引以外、大した客もいないのだろう。他の植木屋が遠州屋をよく知らないくらいなのだ。逆にいえば、賑わいがないにもかかわらず堂々たる構えの店を維持できるとは、松倉との関係がそれだけ大であることの証《あかし》でもある。

「はい。いらっしゃいまし」

手代とおぼしき男が寄ってきた。他には店先に掃き掃除の小僧が二人と、帳場に丸眼鏡の、政吉の話にあった番頭が座るくらいである。

「なにか御用でございますか」

植木屋に入ってなんの御用かもない。植木の御用に決まっているが、そもそも客あしらいには慣れていないのだろう。

「我が屋敷の庭に、適当な松を探しておる」

できるだけ重々しく、落ち着いた声を響かせる。道場で鍛えた声である。この辺はお手の物だ。

案の定、帳場で番頭が顔を上げた。鼻に落ちた丸眼鏡を上げ、値踏みするように三左を見る。

「松、でございますか」

番頭の声を聞いて手代が離れた。交代ということなのだろう。

「そう。枝振りのよい松じゃ」

「いかほどのご入用で」

「このところの雨でおそらく根腐れを起こしておるような。その辺りの目利きも含め、数にすれば二十やそこらはあるであろうな」

「ややっ」

いきなり番頭の目の色が変わった。

それはそうだろう。二十本の松といえば百坪や二百坪の屋敷ではないとわかる。千坪か二千坪か、はたまた三千坪か。その庭を樹木の目利きも含めてとは、ようはまかせるということである。

着ている物もそれと見合うようにそろえたのだ。二分もかかった。どこから見ても大身の旗本である。勘違いしてくれれば四千石、五千石の旗本に見えてもおかしくはない。

話の内容と身なりを合わせれば、考えるまでもなく飛び込みの大口である。

「しょ、少々お待ちを」

番頭が泳ぐように奥に下がった。

さまで待つこともなく今度は、番頭と遠州屋が二人して泳ぐように表に出てくる。

「お待たせ致しました。手前が遠州屋の主、六右衛門でございます」

でっぷりと太った男が膝をついて三左を見上げた。

なるほど小心者であることがよくわかる、忙しげに目の玉を動かす男であった。

「枝振りのよい松、をお探しとか。それも、結構な数を」

「うむ。まあ、本数は根腐れの具合にもよるがな。それよりも枝振りじゃ。良い物はそろっておるか」

遠州屋がにんまりと笑った。

「ございますとも。それに手前どもはこの店の他に、芝や牛込《うしごめ》の方にも置き場と申しますか、寮を持ってございます。もしこちらにある物でお気に召しませんでも、ご都合さえよろしければいつにてもご案内させて頂きます」

「左様か。ならばまず、こちらの物を見せてもらおうか」

「承知致しました。ではまず、――ええと、失礼ですが」

「内藤である。内藤三左衛門」

そのままを三左は名乗った。なにしろ由緒は間違いないし、江戸府内だけでも掃いて捨てるほどいる名だ。

「内藤様で、はい。ではご案内させて頂きます。番頭さん、後をね、よろしく頼みますよ」

「心得ました」

いやな目配せの後、いそいそと先に立つ遠州屋に従うと、背に茶だの水菓子だの、なければ買ってこい上物だぞと密やかにわめく番頭の声が聞こえた。

「ささ。こちらでございます」

奥にそうとう広い遠州屋の中を曲がりに曲がって奥に案内される。

使用人には表同様大して出会《でくわ》さなかったが、その代わりに目つきの悪い、いかにも浪人然とした用心棒と思われる男達が五人はいた。遠州屋の小心の表れであったろう。

「ほう。これらか」

案内された奥には、さすがに御用達だけのことはある草木がそろっていた。ただ植伝の奥庭と違って庭の様相は呈していない。所狭しと植えられた草木はあくまで借り置きの雑さである。だから三左の目から見ても、なかにはあからさまに育ちの悪い樹木もあった。

「おおっと、内藤様。松でございましたね。松はこの辺りではございません。あちらで」

目敏く三左の視線に気づいたようで、いらぬところを隠すようにしながら遠州屋は先に進んだ。

「これなどは、いかがでございます」

ずらりと並んだ中から一番先に勧めるのだから、一番いい松に違いない。なるほど枝は堂々と張って見栄えがよい。が、それにしても――。

「幹が太い。これでは駄目だな」

端《はな》から買うつもりなどないのだから三左にとってはどれも同じだ。

「ほう、幹が。では、これなどは」

「枝が細い」

「では、これはいかがかと」

「葉先が汚い」

「はっはっ。どうやらお目が肥えていらっしゃるようで」

余裕を見せようとしているのだろうが、笑いが引きつっている。

ではこちらは、ならばこれはと遠州屋は次々に三左を引っ張るが、

――傷がある。

――枝の曲がりがどうも。

果ては、

――虫がついているぞ。

ことごとくを三左は一蹴した。適当に見ているせいもあるが、途中からはどれがどれだかわからない。

「ではでは、こちらは」

「ああっとな。幹が、うむ、細いような」

この一言で遠州屋の動きがはたと止まった。

「失礼ですが」

いいながら振り返る目に猜疑《さいぎ》の色が濃い。

「これは、内藤様がいっとう最初に幹が太いとおっしゃった松ですが」

しくじりではあるが、考えればこの辺りが潮時か。

「ああ、そうだったか。まあ、そんならそれでいいやな。どれにしたってろくな松じゃねえや」

「なっ」

窮屈な襟元をくつろげて三左は笑った。

「俺が気に入ってるなぁ、お前ぇも知ってる、とある屋敷にある松でな」

三左のいきなりの変容に遠州屋は目を白黒させた。小心の質《たち》が思いっきり顔を出す。上々だ。

「わからねえか。上平右衛門町のな、凄ぇ庭の松だよ。ここまでいえばわかるかい」

「ひ、ひぇっ」

逃げようとする遠州屋の襟首をつかみ、顔を寄せてささやきを投げる。

「下川草助ぁ、親父のことでずいぶんお前ぇを恨んでるぜぇ」

「だ、誰か。誰かぁっ!」

声を聞きつけてというか、最前から庭の二人に目を光らせていたのだろう用心棒がわらわらと出てくる。

「下郎っ」

「きさまっ、何奴だ!」

「主を放せっ」

「へっ。いわれなくとも放すよ」

用心棒の睨みをどこ吹く風に受け流し、三左は暴れる遠州屋の尻を蹴り飛ばした。

蹈鞴《たたら》を踏むようにのめって、遠州屋が用心棒の間に顔から突っ込む。

「肩肘張って息が詰まりそうだったが、こっから先ぁようやく俺の本来だ」

五人が一斉に抜刀するが、悠然と眺め回して三左は首を鳴らした。

「にしてもお前ぇら運がいい。こっちは衣裳に返り血でもつけたら大損だ。はなから峰打ちで勘弁してやるぜぇ」

「おのれっ」

目に朱を散らして右端の浪人が突っ掛かるが、だいたい最初に出てくる奴は自制が足りないと相場は決まっている。腕利きなどということはあり得ない。

「おっと」

軽くいなしつつ三左は脾腹《ひばら》に当て身をくれた。

顔を歪め、白目を剝きつつ浪人が前のめりに倒れてゆく。

「なんでえ。抜くほどのこともねえ——」

挑発めいたことを口にしつつも中途で止まる。

四人からあからさまな殺気が立ち昇っていた。そろってそれなりの腕のようである。

「やっぱり世の中、楽はできねえようになってんだな」

苦笑しつつ三左は佩刀を抜き放った。

曇天にも刃がかすかな光を撥ねる。

いったとおりに峰を返せば、用心棒らの殺気が一気に捻《ねじ》れるように倍増しになった。怒りだろう。

松の梢《こずえ》がざわりと鳴った。風が出たようである。雨は間もなくに違いなかった。

「待ってられねえ。こっちから行くぜ」

三左は逡巡《しゅんじゅん》することなく四人のど真ん中に飛び込んだ。

「おっ」

「ややっ」

すぐに応じる刃を掻い潜って向こう側に走り抜け、まずは三左の動きに虚を突かれたのだろう一人に狙いを定める。先手は取った。造作はない。

振り向きざまに太刀を摺り上げれば、為《な》すすべなどない一人の脇腹が、三左の一撃をもろに受けて鈍い音を立てた。

「ぐっ」

こちらに倒れ込もうとする男を蹴り飛ばし、すぐ後ろに迫る一人の動きを封じれば、その左右の二人に隙ができた。

先に処すべきは刀を振り上げている右の男だと瞬時に見て取ると、三左はその男の真正面に回り込んだ。

動くべきは動かしてやる。それが後《ご》の先《せん》を取るこつだ。

「せあっ！」

唸りを上げる一刀を五分で見切って落とす。これだけで勝敗ははや明らかだ。

遅れて発した三左の一閃はすくうようにして男の左手首を打ち砕き、止まることなく走って動きを封じた一人の再動を許すことなく鎖骨を砕いた。

瞬く間にこれで残るは一人である。後は皆、苦悶の表情を浮かべて地に伏している。

「まだやるかい」

三左は太刀を肩に乗せて、残る一人に笑いかけた。

どうしようもない腕の違いを見せつけられてか、男は脂汗をかいて固まったままであった。

「へっ」

三左は刀を納め、座り込んだままがたがたと震えている遠州屋に向き直った。

このまま右門のところへ引きずっていってもいいが、なんといっても証拠がない。

それでも強引に責め問いに掛けるなどは遠い昔の話だ。

「さて遠州屋、どうする」

凄んでみせれば、震える手で遠州屋は懐から財布を取り出し、三左の前に小判を突き出した。五両あった。

「こ、これでどうか。た、足りなければい、いかほどにてもっ」

「そうさなあ」

顎に手をやり考える素振りも一瞬。

「馬鹿にすんじゃねえや！」

三左の目が爛とした光を放って大気がかすかな音を立てた。

鍔鳴《つばな》りが水際立った一閃のあったことを知らせたのは、その直後だ。

遠州屋の手から、上下真っ二つになった小判のなれの果てが地に落ちる。

「ひぇぇえっ」

遠州屋の悲鳴が長い尾を引いた。

三左は膝に手を置き腰を屈めた。

「金なんざ放っといてもいくらでも天下を回る。そんな無粋な話じゃねえや。どうするってなあ、どう前非を悔いるかってことだ。――だがまあ、今すぐどうこうしようってんじゃねえ。時間はくれてやる。手前ぇがなにをやってきたか。じっくり考えるんだな」

顔面蒼白《そうはく》になって震えるだけの遠州屋を捨て置き、三左は一人飄然《ひょうぜん》と表に向かった。

途中で、盆に羊羹《ようかん》と茶を載せた丸眼鏡の番頭に出会う。

「これは内藤様。少し遅れましたか。で、いかがでしたか。うちの松は」

「どれがどれってこともねえや。俺にゃあよくわからねえしな」

「えっ。は？」

口調の豹変《ひょうへん》に唖然とする番頭の脇を、三左は無造作に羊羹をつまみ上げて通り過ぎた。

「縁があるようだったら、また来るぜ」

答えはなかった。

そのまま表に出、通りに出、一町離れるまで様子を崩さず進み、ひと角曲がった途端に三左は頭を抱えてうずくまった。

なにごとかと人が寄ってくるが、

「かぁあっ。もったいねえ。五両だ五両。もらうどころか斬っちまった。もったいねぇえっ」

と聞いて呆《あき》れ顔で離れてゆく。

ひとしきりの愚痴を地べたに聞かせてから三左は立ち上がりはしたが、辻ごとの溜め息ともったいねえはこの後、衣裳を古着屋に返して屋敷に辿り着くまで止まることはなかった。

五

翌日は三左が予想したとおり、そぼ降る雨であった。

この日下川草助は夕七つの鐘を聞いてから、隠居の次郎右衛門に挨拶して内藤家を辞した。

厚く垂れ込めた雲のせいで、夕刻にもかかわらず辺りはすでに夜の暗さであった。人通りもまばらである。朝からの雨であったから、多くは仕事を早めに切り上げたか、あきらめて最初からふて寝を決め込んだに違いなかった。

「さてと、次はどの辺りの命にさわろうか。いや、さわってよいものか」

傘のうちで草助は独り言《ご》ちた。

雨は恵みともなるが害ともなるとは、父武平の教えであった。

――よいか、草助。滋養と害毒の要と不要。すなわち不要の要、要の不要。草木の命にふれるのだ。ただ一心にて感得せよ。

梅雨は、その辺の見極めが一番難しい時期であった。

しなければならぬこと、考えねばならぬことは山積である。

ひとつひとつに突き当たれば突き当たるほど、父武平の偉大さが思われるばかりであった。

（ああ。私は無力だ）

目指す先のなんと遠く、険しいことか。返す返すも父の早世が残念でならない。まだまだ教わること多く、叱られる場が欲しかった。

考えは堂々巡りを繰り返し、気がつけば草助は長屋が目と鼻の先の辻まで来ていた。裏通りである。表通りでさえまばらであった人影は、すでに皆無である。

と、

「下川、草助だな」

前方の暗がりから声に続き、ゆらりと身を現す影が二つばかりあった。

「はい。そうですが、なにか」

答えは返らなかった。ただ、近づいてくる影達から不穏な空気だけが濃く漂ってきた。

「遺恨はない。いや、ふっふっ、どうやらあるのはおぬしの方らしいが」

「そうそう。だが悪く思うな。これも仕事でな」

男らはそろって抜刀したようである。

なんのことやらわからぬが、命の危機であることは草助にも察せられた。だが、後《あと》退《じさ》りしようにも身体は上手く動かなかった。強引に動かそうとすると、ぬかるみに足を取られて泥溜まりに尻から落ちた。

万事休すである。

そのときであった。

「待ちな」

草助のすぐ後ろの辻から声が掛かった。聞き覚えのある声であった。

「やっ。お、おぬしは」

前方の男らにも馴染みがあったらしく明らかに動揺したようである。

その隙に這うようにして草助が下がれば、辻に立つ傘の中で内藤三左が男臭く笑った。

「な、内藤さん」

「草助。下がってな」

いわれるままに後ろに回れば、他に何人かが三左の脇に出た。一人はおそらく八丁堀の同心に違いなかった。残りは御用聞きかその小者のようである。呼子笛《よびこぶえ》を構えていた。

「お前ぇら、せっかく無傷でいられたってえのに、馬鹿なことで運を使っちまいやがって」

「三左さん。そいつらは」

同心の声である。なかなかに三左と気安い間柄のようだ。

「ああ。どっちも遠州屋の用心棒だ」

三左はいいながら、傘を放り捨てて前に出た。

「なあ、おい。遠州屋の前非を悔いるってな、こういうことかい」

「くっ」

「まあ、それでもお前ぇらにはまだ運があるか。命までは取らねぇし。なあ、右門」

「当たり前です。なんのために張ってたと思ってるんですか」

同心も前に出る。

影二人からの返答はなかった。進退きわまった感がある。無言でただ剣を青眼に構える。

「気をつけろよ、右門。窮鼠《きゅうそ》猫《ねこ》を噛むってな」

「心得たっ」

返事と三左らの飛び出しはほぼ同時であった。

月なき夜に雨を裂き、三左の剣は一度だけ唸った。こちらはさもあろうと、草助は心配することもなかった。

ただもう一人の右門という同心はといえば、こちらも草助からすれば格段の腕であったろうが、相手もそれなりに遣うようで打ち合わせた刃に二度火花が散った。伯仲していた。

「しようがねえなあ」

こちらも最後を決めたのは結局、対峙の間を脇から風のごとく擦り抜けた三左の一閃であった。

――それっ。

泥水に落ちた二人を御用聞きらが素早く捕縄で縛り上げる。

「おう」

「こ、これで、遠州屋を、引っ張る理由ができましたね」

肩で息をする右門の問い掛けに三左が刀を納めながら答えた。

「どうします」

「善は急げ。いや、悪も急がねえと逃げるってとこか」

「ならお願いできますか。私はとりあえず、この二人を番屋まで連れてから向かいます」

「仕方あるめえ」

放り捨てた傘を拾い、三左は草助の前に立った。

「怖ぇ思いさせちまったな」

その笑顔に、なんともいえぬ色気を見る。

「い、いえ」

男色の気はないが、草助はなんとなく狼狽《うろた》えて答えにまごついてしまった。

「いえ。本当に」

三左の声がした瞬間から、草助に恐怖は微塵《みじん》もなかった。本心である。

三左の剣。

それは遥かな高みに追い求める父同様、草助にとって、男とは侍とは、こうあらねばならぬと思える、ひとつの理想であった。

六

邪魔くさい傘をたたんで手に持ち、三左は雨の中を永富町に走った。ずぶ濡れであるが構うことはなかった。

悪知恵が働く奴を追い込むには早いに越したことはない。そういうのに何度も丸め込まれた自身の経験であるから間違いない、はずだ。

三左は四半刻とかけず遠州屋までの道程を走破した。表戸は時刻からいって閉まっている。

ひと息つくと、三左はおもむろに遠州屋の潜り戸をたたいた。

　当然、すぐに開きはしない。そのまま待っても開かないかも知れないとは覚悟の上だ。最後は蹴破ってでもと思っている。

が、意に反し、さして待つこともなくがたがたと潜り戸が音を立てた。顔を出したのは、あの丸眼鏡の番頭である。

「あ、あんたは」

　薄明かりの中でも昨日の男とわかったようである。

「そのとおり」

　閉められる前に三左は身体を強引に潜り戸の中に押し込んだ。はずみで土間に尻餅をつく番頭の前にうっそりと立つ。

「主ぁ、いるかい」

　顔面を蒼白にしつつ、番頭は激しく頭を振った。

「なんだあ。じゃあ、どこ行った」

　それにも同じように番頭は頭を振る。それだけだ。

「ちっ。これじゃあ話になんねえ」

　落ち着かせようと、三左は土間に腰を下ろして顔の高さを合わせた。それでも話を聞き出すのには結構な時間が掛かった。

　前日、三左が奥で暴れてから遠州屋の行方がわからないのだという。

詳しくいえば、おそらく三左が帰った直後に用心棒らをなじりつつ草助のことを命じたようだ。下川をどうのと、詳しくは知らないがそれだけは間違いないと番頭はいった。

その足で遠州屋はあたふたとどこかへ出掛けていったらしい。行く先を告げなかったのでどちらへと番頭は聞いたようだが、今まで見たこともないほど狼狽していたようで遠州屋はなにも答えなかったという。

その遠州屋がようやく帰ってきたと思ったから急いで潜り戸を開けたのだ。

「なんでえ。昨日からかい」

当てはどうしようもないほど大外れであった。溜め息も出ない。

加えて聞けば、どうも番頭は松倉と遠州屋の関係を深くは知らないらしい。古くから勤めてはいたというが、遠州屋は昔から全てを自分一人で決めて動かす男であったようだ。だから番頭は当然のように下川武平のことを口にしても目をしばたたき、怪《け》訝《げん》な顔で首を振った。

これでは、遠州屋が帰らなければなにも前に進まない。

「まっ。なっちまったもんは仕方ねえ。おい番頭さん。押っつけ八丁堀の同心がくる。とりあえず番屋行きってことになるだろうが、関係ねえならねえで知ってることを洗いざらいにするんだな。それで本当になんにもなきゃあ放免だ」

た頃だった。


「は、はい」

　右門が押っ取り刀で遠州屋に飛び込んできたのは、それからさらに四半刻ほど過ぎた頃だった。

　肩で荒い息をつく右門に番頭を引き渡し、三左はひとり帰路についた。

「ううん。よくねえなあ」

　思い返すだにどう考えても、昨日から今日にかけての一連は徒労の感が強かった。

　濡れ鼠の身体を温めようと、都合よく出ていた夜鳴き蕎麦で掛け蕎麦とちろりに酒を頼む。一杯が二杯、二杯が三杯とは蕎麦のことではない。自棄酒《やけざけ》のことだ。しこたま呑んだ。

　で、翌日は朝も遅くなってから次郎右衛門に枕を蹴り飛ばされて跳ね起きることになる。

「でぇっ。なんだなんだ」

「なんだではない。何刻じゃと思っとる。大塚の倅などは、もう殊勝に働いておるようじゃぞ」

　わけもわからず追い立てられるように表に出てみれば、前夜同様に肩で荒い息をつく右門がいた。

「なんだい。遠州屋でも見つかったってのかい」

背伸びと欠伸《あくび》の間に戯《ざ》れ言《ごと》のつもりでいえば、右門が大真面目な顔を三左に向けた。

「見つかりましたよ。それがですね」

遠州屋が土左衛門《どざえもん》になって百本杭《ひゃっぽんぐい》で見つかったのは、この日の早朝であったという。

「殺しですよ。殺し」

右門は苦々しげにいって、玄関先にうずくまった。

第五章　紫陽花

一

その翌日も雨だった。立ち込めるような雨である。

時刻は、昼を回った頃であった。間柱《まばしら》を背にして濡れ縁に座り、することとてない三左は、足に吹き来る雨を受けながら庭をながめていた。

前日、夕刻にもう一度内藤家を訪れた右門によれば、遠州屋は背後からの、おそらくただのひと太刀によって殺されていたということであった。脇腹から入った刃が、そのまま乱れることなくきれいに心の臓を割り裂いていたらしい。

「傷口を検分しましたが、恐ろしく腕の立つ奴ですね」

役目柄、そういうものを見慣れているはずの右門がいうのだ。相手が凄腕であることは間違いない。

その、相手が手練れであるということ以外、下手人《げしゅにん》に辿り着く手掛かりはなにもなかった。遠州屋がどこへ行っていたのかも右門以下、使える配下総出で聞き回っているらしいが、今のところはかばかしい証言はない。

あの奈々井の男、と三左にも右門にも容易に察しはついた。

さっそく奉行所でその辺のことを右門は上申したらしい。遠州屋がすでにこの世にいない以上、奈々井の男に行き着くにはもう、作事方勘定役の松倉小十郎を相手取らなければ動きようがない。今までは内諾を得て密かに動いてきたが、これからはどうしても動きがあからさまになるのは否めないからだ。

ところが、今度はさすがに筆頭与力までが出て来て渋い顔をしたという。

「あまりに奉行所の役するところを越える。それに、一度は評定所にて採決された件である。調べるなら町場から。殺された遠州屋とか申す男の方から。そうとしか申しようがない」

いわれればもっともな話だ。道理は筆頭与力にある。

「だが、ご老中のこととといい、おぬしの器量はお奉行も買っておられる。使いたくば誰をでも使え。許す。これは儂ではない。お奉行からのお言葉じゃ」

といわれても、はは有り難き幸せ、などと這いつくばるような男では右門はない。

「だからどうした。そんなことは百も承知、わかっていってるんですって感じですが、とりあえず動かしていいといわれましたからね。ええ、もう上も下もなく奉行所の端から端まで動かしましたよ。で、下川草助の身辺にも手配りをしました。上役連中には不満顔もありましたがね。そういう奴こそ、明日も明後日《あさって》も明々後日《しあさって》も、それこそ夜も昼もなく動かしますよ」

帰りしな、瞳に変な炎を点《とも》し、肩を怒らせて右門は片頬を吊り上げた。

右門が告げたとおりなら、この日も奉行所の大勢が市中を駆け回っているのだろう。が、おそらく大した成果は上がらないに違いない。

それにしても――。

「まったく。そっちがなんとかなんねえと、こっちもなんともならねえ。困ったもんだ」

頭を掻きつつぼやき、三左は煙るような雨をにらんだ。

遠州屋殺しの探索もさることながら、実は三左には、それに絡んで頭の痛いことがもうひとつ持ち上がっていたのである。

他人が聞けばなんだというかも知れないが、内藤家に、特に三左にとっては先々まで見据えた大問題、死活問題といえた。

原因は大塚右門の、その手配りにあった。

右門が下川草助の身辺にと手配りした定町廻りの同心や配下の御用聞きや小者達が、

福井町二丁目辺りを夕べから昼夜問わずうろつき回っていたのだ。いや、それだけならどうということはない。暇にあかせて出向き、偉そうにご苦労さんと声を掛けてやってもいい。

が、草助の住まいと内藤家は指呼《しこ》の間《かん》であり、内藤家は草助が庭の手入れに幾度となく訪れる屋敷という認識が手配りの連中にもあったに違いない。

襲われた夜から、草助は右門の指示で住まいに籠もったままだが、おそらくその認識によって、夕べから御用聞きや小者らの何人かが用心のためと称し、上平右衛門町の三左の屋敷にも目を光らせていたのである。

それが原因にして、三左の悩みの種であった。

「打つ手がなあ」

三左は雨に吐息を流した。なんとか打開策をと考えてはみるが、結局妙案など浮かばない。小役人や御用聞きを遠ざけるには草助の身の安全が確保されねばならず、そのためには松倉小十郎と凄腕のもう一人をなんとかせねばならないにもかかわらず確たる証拠もなく、凄腕の男にいたってはどこの誰だかもわからない。

「畜生め。やっぱりなしかよ」

腕を組んで呻《うめ》けば、

「まったく、不甲斐ない当主じゃわい」

次郎右衛門が近くに寄ってきて文句をいった。

「わかっとるのか。明後日は賭場の開帳日じゃ」

「わかってるよ。だからこうして考えてんじゃねえか」

「なら、なんとかせい。少なくとも、ひと晩中うろうろする町方くらいはな。せっかく上げ潮の賭場になりかけとるというに、このままではすっぽんのごとき常連以外、わざわざ足を運ぶ客がおらなくなるぞ」

つまりはそういうことなのだ。町方の目が内藤家の近くに光っていては無理してまで来ようとする者、つまりは酔狂な客や常連以外、誰も来なくなるのは間違いない。いや、客がどうのの前に開帳すらが危ぶまれるのだ。

賭場が開けなければ、わずかな所場代さえ手にできない。かといって無理して開き、町方が踏み込んできたりしたら、そのまま誰も来なくなるかもしれない。そうなったら最悪だ。永遠に所場代が入ってこない。

三左にとっては、どちらも絶対に避けなければならぬ事態である。

「なんとかせいったってなあ。じゃあなんの手がある。爺さんならどうするってんだ。いい手があるなら教えて欲しいぜ。いいや、教えて欲しいってより自分でも考えろ。このままいったら、結局一番損をするのは爺さんなんだぞ」

「むう」

次郎右衛門も三左の隣で、雨を睨んで腕を組む。が、続く言葉は出てこない。

「って、なんでえ。なんにもなしかよ」

「阿呆め。急《せ》いては事をし損じるということを知らんのか。こういうことはじゃなあ」

次郎右衛門がいいながら顔を三左に振り向けようとした。

が、次の瞬間、

「む！」

声とともに庭に向けた次郎右衛門の目に炯々《けいけい》とした光が灯った。

それは三左をして戸惑わせるほどの光であった。

「な、なんだよ急に」

けれど、三左が問い掛けても次郎右衛門は答えない。ただその光強い目で庭の一点を見据えるだけだ。

そのとき、三左の視界には、次郎右衛門越しに廊下を曲がってくる嘉平の姿が見えた。誰かを背に従えていた。

こちらの様子に気づき、嘉平の後ろでひょこりと頭を下げるのは誰あろう、今やすべての元凶、いや、中心である、下川草助であった。

「大殿。下川様がお出でになられましたが」

嘉平がそう告げても、やはり次郎右衛門は動かなかった。

その間に草助が嘉平の背から前に出る。

「あいすみません。命が大事は重々承知。ですが、入れ替わり立ち替わりに奉行所の面々に顔を出されると、長屋にいてもどうにも落ち着きませんで。母も不安顔をしますし。なのでご隠居様、ご迷惑かも知れませんが、庭に出させて頂ければと」

次郎右衛門の耳には草助の言葉も入らないようだ。変わらず動かない。

「おう、草助。いいのかい。右門の手配りはどうした」

「ああ、三左さん。ははっ。それが、よっぽど私が切羽詰まった顔でもしてたんですかね。意を決して出てみれば、どちらへと聞かれはしましたが、止められることはありませんでした。そのかわり」

草助は頭を掻きながら笑った。

「行列よろしく、ぞろぞろとついてきましたよ。ここは近場だからいいですけど、さすがに私にもこう見えて恥や外聞はあります。遠出はできませんね」

「行列か」

襲撃に備えて小難しい顔をした男が後をついてくるとは、まるで吉原の付け馬だ。それも大勢となっては、どれほどの馬鹿をしたのかと道々の笑い種《ぐさ》になるだろう。想像するだに三左でも嫌だ。

そうこう話しているうちに、次郎右衛門がもぞりと動いた。わずかに顎を何度か動かし、目の光を落としてからなるほどと低く呟く。

次郎右衛門も草助の訪れはとりあえずわかっていたようだ。草助を見、庭を見、そうしてから、

「下川さん」

次郎右衛門は草助に声を掛けた。

「はい」

呼ばれてかしこまり、草助は次郎右衛門の脇まで進み出た。

すると次郎右衛門は、筋張った腕を庭に向けて真っ直ぐに伸ばした。

「今日の雨、いや、梅雨という季節の深まりで、儂はこの庭に隙を見つけたような気がするが、下川さんの目から見てどうじゃな」

「はて」

うながされ、怪訝な表情ながら草助が庭をながめ渡す。

庭は煙るような雨にしっとりと濡れて緑いよいよ濃く、塀に囲繞《いにょう》された枯山水であることを忘れそうな奥深さを感じさせ、厳然としてそこにあった。

「おや」

やがて次郎右衛門同様、草助の目が一点で止まった。三左が見る限り、それはおそらく次郎右衛門が炯とした光を当てていたのと同じ場所であった。

紫陽花である。

二人の視線の先には、頃よく満開となった紫陽花の群生があった。

「どうじゃな」

次郎右衛門が意を得たりとばかりに問い掛ける。

「はい。あの辺り」

草助は先に次郎右衛門がしたように紫陽花の群生に腕を伸ばした。

「土が硬いようです。まろやかであれば青の花は咲きません。いや、咲かせることはできます。けれど、私はあそこに青の花を咲かせようとは思っていませんでした」

草助の言葉に三左も紫陽花の群生に目を凝らした。

たしかに紫陽花の群れの真ん中からやや左寄りの、鮮やかな紅の中に青のひと叢《むら》があった。異質といえば異質である。三左にもどこかそぐわぬ感じがした。

「ならば、おかしいと」

「はい。おかしゅうございます」

次郎右衛門の問いに草助は強くうなずいた。

「まだまだ未熟ではありますが、そんな雑な手入れをした覚えはございません」

「やはりな」

次郎右衛門は莞爾《かんじ》として笑った。

「なんだい。なにがどうやはりなんだい、爺さん」

三左にはさっぱり要領を得なかった。

「一道はすべてに通ずということ。隙、緩みもまた同じということじゃ。この庭を達人の構えと取れば隙も緩みもあるはずなどない。それがあるとはどういうことか。誘いか、あるいは――」

だから掘ってごらん、と次郎右衛門は草助をうながした。

「は、はい」

雨の中に押っ取り刀で草助が出てゆく。三左もとりあえず従った。

紫陽花の命にすまんと手を合わせ、草助がまず鋤《すき》を根元に打ち込む。

「俺もやるぜ」

三左も隣に立って鍬《くわ》を振り上げた。

さまで時を置かず、

「おっ。なんかあったぜ」

果たして、地中二尺（約六〇センチ）あまりから出てきたのは、幾重にも厳重に油紙に包まれたなにやらと、錆《さ》びて原形を留めぬひと振りの、おそらく脇差《わきざし》であった。

「こ、これは」

取り上げた草助には、鍔や柄巻きにどうやら見覚えがあったようだ。

「知ったもんかい」

次第に震えを帯びる草助に、掛ける声は三左とておのずと抑えたものになる。

「……父の物です。というか、父祖代々の物です」

草助はぼろぼろの脇差を高く掲げた。目が潤んでいるのは、雨滴《あめしずく》のせいだけではあるまい。

「間違いありません。これは父の、我が家の魂です」

そういって佇《たたず》む草助の肩を三左はたたいた。

「座敷に上がろうぜ。せっかく掘り出した魂をよ」

屋敷の濡れ縁を見れば、次郎右衛門がこちらを凝視するようにして立っていた。いや、三左らを待っているのだろう。嘉平の姿はなかった。

「魂をな、いきなりこんな雨にさらしちゃあ、可哀想ってもんだ」

黙って草助はうなずいた。

三左はもう一度肩をたたき、露払いをするように先に立って歩いた。振り返ることはない。

ほんの束の間ではあっても、見ずにいてやるのが情のような気がした。

二

三左らが縁に上がると、時を同じくして嘉平が手拭《てぬぐ》いを持って現れた。濡れた頭や顔、泥に汚れた手足をぬぐっていると座敷には温かい茶が調えられる。嘉平のこういう気の利きようは並ではない。憎いばかりである。三左の分もあった。

「まずは一服、な」

座敷に入ってまず、草助を落ち着けるように次郎右衛門はうながした。

そうしてから、

「拝見して、よいかな」

「はい」

草助の返事を待っておもむろに薄汚れた包みに手を伸ばす。四重の油紙を解けば、出て来たのは黄ばんだ十枚ほどの紙の束と、和綴《わと》じの一冊であった。

「なんだこりゃ」

三左ものぞき込む。

次郎右衛門が広げて並べた紙の束はすべて、植木奉行に宛てた遠州屋からの見積もりであり、和綴じの一冊には作事方帳簿とあった。おそらく原本の写しであろう。

「これは、お父上の手かな」

「は、はい。父の字で相違ございません」

帳簿には朱でもって、見積もりとの照らし合わせにより実際の仕入れと適正な値との差益が克明に書き込まれていた。

適当にめくり、ふんと鼻を鳴らして次郎右衛門は帳簿を投げ出した。

「ずいぶんと派手にやっておったようじゃな」

三左も帳簿を手に取り、同じようにめくっては頭で差額の和を取り、次郎右衛門とおそらく同じほどで馬鹿らしくなって止めた。半分も見取りはしなかったが、それでも差額の和は軽く千両を超えていた。

次郎右衛門と同じくらいというのがどうにも、その辺りが内藤家の許せる範囲かと三左は妙なところで納得した。

「動かぬ証拠、ってやつか」

見積もりには植木奉行の印判が押されていた。本物のようである。日付がまちまちにだいぶ飛んでいるのは、下川武平が密かに抜いた物だからに違いない。

そうして作事方帳簿の方はといえば、勘定役松倉小十郎の受け持ちである。

城入れの物品はたいがいの物が入札となる。それぞれの管轄の何人もの目が光る。入札自体にまで不正を働いたかどうかはわからぬが、その関門をくぐり抜けた先は緩いということが帳簿には明白であった。

見積もりと実際の仕入れに大幅な相違があるというより、実際の仕入れに対する作事方からの支払いがべらぼうに多い。不正は遠州屋ではなく、松倉小十郎主導であることが帳簿からは滲み出ていた。

いずれにしろ、下川武平はいずれかの折りにそのことを知ってしまったに違いない。写しを取るということはいずれ公にするつもりで、内々に本人らを糾弾していたのだろう。そうして闇討ちに命を落としたのだ。

最後に下川草助が帳簿を取り上げ、物もいわず紙面を繰った。しばらくそうしていた。

やがて、膝前に力なく帳簿を落として草助はうなだれた。

「なんということだ」

呟きは暗く、重かった。

「こんなことのために、父上は殺されたのか」

畳を拳で叩き、草助が立ち上がる。

「どこへ行くつもりかな」

見上げて次郎右衛門が声を掛けた。

「決まっています。松倉様のお屋敷に」

「無謀無謀」

次郎右衛門は薄く笑って一蹴し、油紙ごとすべてを背後に控える嘉平に託した。

「むざむざ死ににゆくようなものじゃ。これは儂が預かるよ。まあ、悪いようにはせん。この三左にまかせておくがよい」

そうそうと頷きかけ、

「ん？」

はたと気づく。

「俺か？　なんで俺が。爺さん、賭場のことが気になるなら自分で——」

次郎右衛門は身を寄せ小声で、大塚の倅に聞いたぞ、もらったんじゃろとささやいた。

三左は言葉に詰まった。

いつ、どこで聞いたのか。そら恐ろしい爺さんである。

「下川さん。この三左衛門はな、こういうことだけは頼りにしていい男じゃ。普段は無駄飯ただ飯食いのうつけでな、どうしようもなく能天気で、そのくせ好いた娘にまで銭金の心配をさせる馬鹿——」

「待った」

三左は慌てて次郎右衛門を止めた。放っておいたらなにをどこまで話し出すかわからない。

「――やらせて頂きます」

好いた娘とは誰のことをいっているのか。まさかおつたのことかと聞きたいが、反面、聞くのが恐ろしかったから聞くに聞けない。

「はあ、しかし」

唇を噛み、しかし草助は座ることなく背を向けた。

「ならばせめて、いつも親身になって下さる横内様にだけでも」

「それはいいじゃろうが、その辺をうろつく町方にちゃんと声を掛けてな」

はいと答え、急ぎ足に草助が出て行く。見送って次郎右衛門は悪戯げな目を三左に向けた。

「ほれ出番じゃ。働け働け」

阿吽に受けて嘉平が三左の前に油紙の包みを押し出す。

「へっ。簡単にいってくれるよな」

「なんじゃ。こういうときが稼ぎ時じゃろうが」

「稼ぎって……」

溜め息、ひとつ。

「どこの爺さんが、孫に強請《ゆす》り集《たか》りをしろっていうんだろうな」

「人聞きの悪いことをいうな。悪を懲らしてなおかつ潤えと、これは孫を思う優しき爺い心じゃ」

「はいはい」

どうせなにをいっても、ああいえばこういうでぐずぐずになるのは目に見えている。

「とは申せ、なにもせんではないぞ。なあ嘉平」

次郎右衛門は背後に話を振った。

「はいはい、左様で。大事な園丁を失うことを思えば、多少は我が身も動かしませんと」

「そういうことじゃ」

化け物二人が頷き合う。

聞きつつ三左は頭を搔いて庭に目を移した。

「そういうことなら仕方ねえ。右門と一丁、仕掛けるか」

雨がいつの間にか、止んでいた。

三

草助はぬかるむ通りを、小石川にある横内孫兵衛の役宅に向けて一目散に走った。

止んだとはいえ、雨が上がったばかりの通りに人の数は少なかった。

（そんなことで。馬鹿な、馬鹿なっ）

走りながらも悔しさだけが込み上げてくる。

（不正とはなんぞ。殺しとはなんぞ。植木屋は植木だけを、勘定方は帳簿だけを見詰めていればいいではないか。居場所に深く根を張り、真っ直ぐに。それが天道に添う、生命の在り方ではないのか。少なくとも、草木はそうだ）

それが草助の考え方だ。

考えても考えても、ただ虚《むな》しさばかりがつのる草助の足は、悔しさ虚しささえも力に換えて前へ前へと急いだ。

何度か訪れたことがある冠木門《かぶきもん》を潜れば、横内孫兵衛は在宅であった。

「おお。草助、そんなに慌ててどうした。泥だらけではないか。なんぞ出来《しゅったい》したか」

雨で動くもならず、一人酒を呑んでいたらしい孫兵衛がうっすら赤い顔で出て来て草助に手拭いを渡す。

辿り着いて初めて、息苦しさに額から流れる汗まで覚えた草助は、答えることもできず顔と手足を拭った。

孫兵衛が差し出す茶碗酒は断り、水瓶《みずがめ》から柄杓《ひしゃく》で水を飲んで心身を落ち着けてから、草助は座敷に上がった。

「で、どうしたのだ草助。美雪殿が病でも得たか」

「横内様。実は」

それでも気はどこまでも急くようで、草助の話は捲《まく》し立てるようなものとなった。茶化しながら最初は微笑みさえあった横内の顔も、草助の話が進むに連れ次第に険しいものとなり、果ては茶碗酒の向こうに隠れて動かなくなった。

一気呵成《かせい》に草助はすべてを語った。行きつ戻りつの要領を得ない話になったかも知れないが、大筋をつかんでもらえればそれでよかった。聞いて欲しい点はただひとつである。

松倉小十郎が、諸悪の根元。

草助が語り終えると、孫兵衛は空の茶碗を置いてひと息ついた。

「ううむ。あの松倉様がとは、ただただ驚くばかりだが、証拠の品まで出て来たとなっては間違いあるまい。ううむ。それにしても、あの松倉様がなあ。ううむ」

ひとり唸るばかりである。

「それで松倉様のお屋敷に向かおうとしましたが、内藤家のご隠居様に無謀と止められました」

「それはそうだ」

「で、それならばせめてと、こちらにお伺いした次第なのです」

「おう。そこで思い出してくれたのも、頼ってくれたのも有り難い。有り難いが、うむ」

孫兵衛はいつまでも煮え切らず渋い顔であった。

「横内様、ご教示下さい。私は一体どうすればいいのでしょう」

「まあ、そう急くな」

「しかし」

「待てといっておる」

語調いくぶん強く、孫兵衛がいい捨てた。

「草助。で、その証拠の帳簿はどこにあるのだな。おぬしが所持しておるのか」

「いえ。儂が預かると内藤家のご隠居様がおっしゃって。それがなにか」

「隠居の手に、か」

孫兵衛の渋い顔がさらに深まる。

「いや。松倉様の不正をお奉行に上申しようにも、証拠の品が手元になくばどうにもならぬと思うてな。いや、わかった」

孫兵衛は意を決するように膝をひとつ叩いた。小気味のいい音がした。

「明日にでも儂自身がその内藤家の隠居とやらに会いに行くとしよう。そこで話をつけて帳簿などをもらい受け、そのまま作事奉行様のもとへ恐れながらと訴え出る。まあ、それが順当な道であろうな。草助、ひと晩だ。辛抱せい」

「は、はあ」

「なんだ不服か」

「い、いえ。そういうわけでは」

「なら儂にまかせい」

貼り付けたような笑顔で孫兵衛が前に出る。

「あ、はい。横内様がそうまでおっしゃるのなら――」

まかせるしかないだろう。浪人であり非力でもある草助には、松倉小十郎に対してできることなどなにもないのだ。

「なにがあってもいかん。今日はこのまま長屋に帰り、明日も儂が行くまで住まいを出てはいかんぞ。もちろん美雪殿もだ。よいな」

強く念を押され、草助はうなずくしかなかった。

胸の中にわだかまるものはあったが、そのまま草助は横内孫兵衛の役宅を辞した。

一度も振り向かなかったから、その後、孫兵衛が見えなくなるまで草助の背を見送っていたことを知らない。

そして、見えなくなってから腕を組み、

「さて、どうしたものか」

と呟いたことも、草助はもちろん知らない。

四

そのさらに一刻ほど後のことであった。雲の切れ間から夕陽が差す頃である。

そのとき、菅笠《すげがさ》に草鞋《わらじ》履きで渡り中間《ちゆうげん》の格好をした政吉は、神田橋御門内にある酒《さか》井《い》家の長々とした塀の角にうずくまっていた。政吉が勤めるのは口入れ稼業の山脇屋である。渡り中間の格好などいくらでも、それこそ店の中に掃いて捨てるほどあった。

仕事終わりにはまだ早かったが、この日はいきなり駆け込んできた三左に、山脇屋の主伝蔵がとっつかまって襟首をねじり上げられた。

「伝蔵。政吉を貸せ。今すぐ貸せ」

「な、なんなんですかい」

「いいから貸せ」

政吉が酒井雅楽守《うたのかみ》の屋敷脇にうずくまるのは、わけもわからず不承不承にも伝蔵が承諾した結果である。

そうして三左に命じられ、政吉はこの場所に張り付いた。

詰所《つめしよ》から出て帰路につく、松倉小十郎を待ち伏せるためであった。

作事方の詰所は酒井家の先、堀を挟んで評定所と向かい合う位置にあり、松倉小十郎の屋敷は神田橋御門を抜け、真っ直ぐ北に上がった昌平橋近くの小屋敷の並びにある。だから酒井家の脇にいれば、よんどころない事情でもない限り、松倉小十郎は必ず政吉の前を通るのだ。

「へっへっ。お出でなすった」

狙いどおり、松倉小十郎が詰所から姿を現した。

小十郎は御家人にして、作事方勘定役は家格としては大した役ではない。付き従うのも供揃いというほど立派なものではなく、おそらくどこぞの口入れ屋から借り受けの郎党が二人ばかりだ。西からの陽を半身に受け、ゆっくりと歩いてくる。

政吉はわざと通りの中ほど、一行がちょうど歩み来る辺りに進み出て、草鞋の紐を直す振りをしつつ菅笠の隙から三人を注視した。

やがて、うずくまる政吉に一瞥を与えるだけで、松倉小十郎がすぐ前を通り過ぎようとする。

政吉は笠を深くして足下に目を落としつつ、

「ええ。下川の松、ご存じですかい」

別に聞こえても構わないが、なるたけ松倉小十郎ひとりだけに届くようささやいた。足音だけでわかるほど、効果はてきめんであった。

政吉のささやきを聞いて一瞬乱れた足音が少し通り過ぎて止まった。

それをたしかめてから、政吉はどうも草鞋の具合がおかしいといった素振りを大袈《おおげ》裟《さ》に見せつつ通りの端に寄り、一行に背を向ける形でまたしゃがみ込んだ。

——しばし待て。

声があり、松倉小十郎の足音だけが政吉に寄ってきたのはその後だ。

「いかが致した」

政吉にというより、ことさら郎党二人に聞かせるための言葉であったろう。松倉は政吉の正面に回り込んで身をかがめ、菅笠のほぼ真上から密やかな声を落としてきた。

「おぬし、なんと申した」

「下川の松、と。へへっ。一度いえばおわかりでしょうに」

「はて、なんのことやら。いっこうに存ぜぬ。人違いであろう」

「とぼけちゃいけねえや。知らねえなら聞き流しで通り過ぎるだけでしょう。こんなふうに寄っちゃあ来ねえや」

どちらも足下を直す振り、難渋に手を差し伸べる振りのままの会話であった。いうなれば狐と狸の様相である。

「それにこっちは、どなた様かわかって話しておりやす。作事方勘定役、松倉小十郎様でいらっしゃいやすね」

政吉の目の前で、松倉の履き物がわずかに地面をこじった。

「そこまで承知か」

「へい」

「どこまで承知だ」

「すべて、といっておきやしょう」

腕にさほど覚えのない政吉でもわかるほど松倉の気配が剣呑《けんのん》なものに変わる。

「おっと。だからって物騒なこと考えちゃいけやせんぜ。お付きの二人も見てまさあ。それにここぁ御門内だ」

「減らず口を。なにが望みだ」

「千両」

松倉の気配が明らかに揺れた。

「へっへっ。そう驚かれなくとも。松倉様にとっちゃ大した額じゃねえでしょうに。けどまあ、なにもこの足でなんてこたあいいやせん」

「……わかった。ならばどうすればいい」

「明日の朝五つ、この先の神田橋御門外、二番原《にばんはら》にてお待ちしやす」

「人目がある。明け六つの方がいい」

「馬鹿いっちゃいけやせん。あっしには人目があった方が好都合。いきなりばっさり

「その一人の小知恵で考えやしてね。こんな美味い話、人に振っちゃあもったいねえ」

「小知恵が回る男だ。おぬし一人の考えではあるまい」

なんざご免でさあ」

松倉小十郎から、すぐの返答はなかった。

「どうされやす。お供の二人がそろそろ、痺《しび》れを切らす頃ですぜえ」

「……承知」

吐き捨て、松倉の足音が離れてゆく。

政吉も立ち上がり、三人とは反対の方角に足を踏み出した。

「まっ。単純にして、味も素っ気もねえ力業《ちからわざ》ですがねえ」

西陽に目を細めながら政吉はつぶやいた。

「へっへっ。でも三左の旦那がいうように、案外こういうのが一番利くんだなあ」

一人笑って空を見上げる。

すっかり雲の取り払われた空が、きれいな朱に染まっていた。

五

その夜である。草木も眠るという頃だ。

福井町二丁目の下川草助が住む長屋の木戸口に複数の男達が立った。月の光に蓬髪《ほうはつ》をさらす男達ばかりであった。明らかに浪人である。数は合わせて十人ほどもいた。

代わってここ数日、草助の周りに目を光らせた御用聞きらの姿は近くにない。気を許したか、夕べには晴れたがそれまで続いた雨のせいか。

「高田氏《たかだうじ》、問題なかろう。辺りに人影は皆無でござる」

離れて様子を窺《うかが》っていた一人が告げ、高田と呼ばれた、おそらく首魁《しゆかい》とおぼしき大柄な男がうなずいた。

「ならば手短にかたづけるとするか。よくは知らんが、ぐずぐずして面倒事に関わるほどの金はもらっておらんしな。よし」

とは、誰かに雇われた者達ということである。

高田の合図に、浪人らは一斉に抜刀した。

一人が前に出て木戸を押せば、かすかな軋《きし》みを立てるだけで簡単に開いた。この時代になるとこの辺は、形ばかりでいい加減なものである。もっとも、裏店の木戸など閉まっていても乗り越えればいいだけの話だ。

「ああ。ただご一同、なにがあろうと母親だけは殺すなといわれておる。これだけは守れば、別にそれなりの銭をくれるそうだ。肝に銘じておけ」

押し殺した高田の声におうと低く男らが応えた、そのときであった。

「勢い込んだところで申し訳ございませんが、どうも、その追加の銭などは手にできそうにありませんな」

低く素っ気ないが、夜によく通る声が聞こえた。

男らがひるんで身を固めていると、がたぴしと草助の住まいの引き戸が音を立てて、中から一人の老爺が姿を現した。

内藤家の用人、嘉平である。手に一本の杖《つえ》を携えている。

「こんな真夜中に御苦労なことで。きちんと眠らねば大した働きもできないでしょうに」

「うぬ。待ち伏せがあったかっ」

もう辺りはばかることなく高田が吼えた。

「待ち伏せ、ですか。いいえ、待ち伏せなどではございませんよ。この歳ですからな」

嘉平はいいながら、平然とした足取りで木戸口に出て来た。下弦の月を見上げながら静かに微笑む。

「寝起きです」

するると、ばたばたと通りの左右から足音がした。遠くの物陰に隠れ、息を潜めていた御用聞き連中であった。先頭を走るのは鉢巻《はちまき》を締めた大塚右門である。

「例によって、どうなるかわからぬから与力様のご出馬はないが、一同、神妙に致せっ」

聞きようによっては間の抜けた呼び掛けである。

十人からの浪人どもを取り囲んで、刺股《さすまた》や袖搦《そでがらみ》が突き出される。

「うぬ。ご一同、斬り抜けるっ」

高田が気色ばんで声を張った。浪人達は背を合わせるようにして固まり、それぞれの手に剣を構えて捕方を睨んだ。

次第に殺気が凝《こご》ってゆく。

右門も佩刀を抜き放って浪人に対した。すでに額には汗があり、月の光に鈍く光った。

と、

「おやめになった方がよろしゅうございましょう。怪我をなさってはつまりませんぞ」

嘉平の慇懃な声が走った。誰彼の別なく、全員が虚を突かれたようにして嘉平を見た。

とは、杖一本携えただけの老爺のことなど、誰ひとりとして気にしていなかったということである。

「大丈夫ですか」

右門が問い掛けた。危ないでも、そちらが下がって下さいでもない。右門も嘉平の腕のほどを知っているからだ。

大丈夫ですかは、ただ寄る年波と浪人の数に対する不安を口にしたに違いない。

「なあに」

ひと塊になった浪人に一瞥を与え、嘉平は飄然と前に出た。

「この程度の面々なら、明日に疲れが残ることもございませんでしょう」

「うぬっ」

挑発と取ったか、最前の二人が嘉平に向けて刃を振り上げる。

その間を割り、一陣の風となった嘉平が擦り抜けると二人がほぼ同時に声もなく倒れ込んだ。

いつなにをしたともわからぬ、鮮やかな手並みである。

なっ、とも、おうとも、驚嘆感嘆の声は浪人捕方の別なく双方から聞こえた。

「さて、あと八人ですな」

老爺の尋常ならざる腕に啞然として立ち尽くすだけの残党に向け、嘉平は好々爺《こうこうや》然とした笑みを向けた。

完全に嘉平の調子に取り込まれていた。

あとは、推して知るべしである。

取り囲む町方の先頭では早くも大塚右門が、剣を鞘に納め捕縄の支度を始めていた。


一方、同じ頃の内藤家である。

月影に瓏《ろう》として輝く庭に、塀を乗り越え丑寅《うしとら》の隅から次々に姿を現す男達があった。

福井町の十人からすれば五人と数は少ないが、身のこなしは明らかに上であった。

「手筈《てはず》どおりに。爺い二人には石田《いしだ》と江原《えはら》、残りで当主の内藤三左衛門に当たる。それなりに腕は立つらしい。抜かるな」

「はっ」

先頭に立つ小柄な武士の声に、残りの四人がそろって密やかな諾を示す。

福井町の十人と違い、きちんとした序列があるようだ。寄せ集めの徒党ではないのだろう。月の光に見れば、月代《さかやき》もきれいに剃り上げられた五人である。主持ちの侍に相違ない。

「当然殺すことにはなろうが、まずは証拠の書き付け。この第一義を忘れまいぞ」

先頭の侍の声は三左が聞けばわかっただろう。それは奈々井にいたあの侍の声、下川武平とおそらく遠州屋を屠《ほふ》った男の声であった。

まず主格の男が抜刀し、音もなく庭から屋敷に向かい、残る四人も同様にして従った。

緩やかな風だけがざわめく深更《しんこう》の庭を、黒々とした影五つが走り抜ける。

侍らが母屋まであと五間と迫った、そのときである。

「なんだ。聞いた声だぜえ」

男らが一斉に足を止めるのと、蔀戸が二カ所で内側から蹴破られるのは、ほぼ同時であった。

「その声は、奈々井にいた男だなあ」

屋敷の中に茫とした明かりが次々に灯る。

蔀戸を蹴破ったのは三左と次郎右衛門であり、明かりを灯すのは福井町から密かにこちらに入っていた下川草助と、その母美雪であった。

身を強張《こわば》らせる男どもをよそに、次郎右衛門が敷居際に腰を下ろして溜め息をついた。

「下らぬ。なんの策にもなっておらぬ力業じゃろうに。誘われてほいほい乗ってくるとは、どうしようもない馬鹿どもじゃな」

「へっへっ。こういう手合いにはな、爺さん。力業がよく利くんだ」

「ふん。力業に引っかかってばかりおる男の言葉じゃ。こればかりは聞いておいてやろうかの」

口を開きかけたが三左は答えなかった。次郎右衛門といつもの掛け合いをしている場合ではない。

「うぬうっ」

主格の男が奥歯を噛み鳴らして唸った。

「えっ」

「あっ。あなたさまは」

驚愕の声を発したのは座敷内から庭に目を凝らす草助であり、美雪であった。

「よ、横内様！」

草助が叫んで庭に出ようとする。

押し止《とど》めたのは横合いから伸びる三左の一腕であった。

「ちっ」

舌打ちとともに顔を背けた徒党の主格は、あろうことか武平の同僚である作事方庭作の横内孫兵衛であった。

「なるほどな。そういうことか」

目で強く草助に念を押し、三左はゆらりと庭に下りた。

「金かい、恨みかい」

「――両方だ」

鼻を鳴らし、横内孫兵衛はぞんざいにいった。

「両方か。ふうん。両方ねえ」

「なんだ。だったらどうした」

憤る孫兵衛に三左は莞爾として笑いかけた。

「二兎を追っかけるとな、結局大損になるのが、世の摂理ってもんだぜえ」

「やかましいっ」

孫兵衛が摺り足に寄って白刃を摺り上げる。大気の唸りは軽やかにして孫兵衛の尋常ならざる腕を教えた。

だが、その気になった三左も負けてはいない。修羅と無頼の巷《ちまた》に生きているのだ。

「おっと」

三左は大きく跳びすさって避け、そのまま腰を落としつつ佩刀に手を掛けた。

「さあて。直参《じきさん》旗本、内藤三左衛門」

右手に唾を吐き、目に壮とした光を宿す。月影にも負けぬ強き光だ。心得ある者ならば感じるだろう。

それは卓抜した剣士の光。清々として揺るがぬ破邪顕正《はじゃけんしょう》の光であった。

「親兄弟、妻子のある奴ぁ退《ど》いときな。こっから先ぁ、地獄だぜぇっ！」

喧嘩になると口調が荒くなるのは三左の癖。本気になったときの癖である。

「おのれっ」

語気に誘われるように孫兵衛の左から一人が飛び出す。右から回り込もうとするかのように二人も出る。さきほど孫兵衛に石田江原と呼ばれた二人だ。

三左は右方を捨てて左からの一人に対した。何度もいうが、先に出てくるのは小者の証だ。刃筋は悪くなかったが腰の締まりが足りなかった。

その一刀を鼻先三分に見切って落とし、三左は親指で鯉口を切った。

腰間からほとばしり出て男の喉元に走る刃は閃光であった。

血飛沫《ちしぶき》を散らしながら男が倒れ込むとき、三左はもうその場にいなかった。二番手が近く迫っていたからである。

主格の孫兵衛はまだ、下段に落ちた剣の刃を返しただけでその場から動いていない。回り込もうとした石田と江原は無視した。三左から離れていったからだ。回り込もうとしたのではなく、どうやら屋敷の下川母子を狙ったようだ。

が——。

「待った。おぬしらが当たるのは、儂ではなかったか」

次郎右衛門が細身の白刃を手に刺客の前に立った。

だから、三左は二人を無視できたともいえる。口やかましい強突《ごうつく》爺さんだとは思うが、こういうとき次郎右衛門は誰よりも頼りになる。

案の定、三左が二人目の刃をかいくぐり、手応え十分に胴間を薙《な》ぎ斬って次郎右衛門の方はと見れば、一合すらなく戦いは終わっていた。

地に臥す刺客の間に立ち、次郎右衛門ははや孤剣を腰に納めて後ろ手を組み、月を愛でるかのように夜空をながめていた。

「わかってんだろうな、爺さん。大事な生き証人だぜえ」

「一人はな」

次郎右衛門は息さえ切らしていなかった。

「上々だ」

三左は横内孫兵衛に向き直った。

残るは主格の、孫兵衛ただ一人だけである。

「さてと。待たせたかい」

刀に血振りをくれ、三左は素立ちになって刃を肩に乗せた。

孫兵衛は答えず、ただ剣尖を中位に上げた。その全身から濛《もう》とした殺気が噴き出し、三左を押し包むかのようである。

いわず問答無用と、それが孫兵衛の答えであったろうか。

「へっ」

三左も左足を差して半身になり、担いだ一刀を斜に落とした。こちらもいわず孫兵衛の答えに対する、応諾の証である。

殺気に抗すべく丹田《たんでん》に力を込めれば、三左の全身に純粋な剣気が横溢した。

「おう。いい感じだ」

巡る血潮が熱を帯びたようである。

きっと、卓越した者なら感受できるのだろう。次郎右衛門が熱い熱いとわめいて庭から屋敷の敷居際まで下がった。

孫兵衛の殺気と三左の剣気が、対峙五間の中央でまずせめぎ合う。

先に動いたのは三左であった。地べたの軀《むくろ》二つに、足場の不利を感じたからだ。前に飛び出しつつ自在の剣を真っ向から振り下ろせば、孫兵衛の両眼に殺気が炎と燃え、退くことなくかえって迎え撃つように白刃がひるがえった。

――――。

無音の間が過ぎた。

刃が噛み合うことはなかった。

三左の幹竹割《からたけわり》は手応え虚しく、代わりに頬にむず痒《がゆ》いような感覚が残った。避け得なかった孫兵衛の一閃によるものである。皮一枚裂かれたようだ。

「やるなあ」

流れ出る血潮を指にとってひと舐めし、しかし三左は怯懦《きょうだ》に流れることなく笑った。足場の対等を得るに皮一枚くらいは、覚悟の上であった。

なにをいっても、黙り込んだまま身に猛気をたくわえる孫兵衛に対し、月を背に負うて三左は両手を広げた。

雄々しく、美しい位取りであった。

目を細めた孫兵衛の殺気が揺れ、足先が地を噛むようにしてわずかずつ前に動いた。

三左も口を引き結んで差し足に力を込めた。一触の刻はまもなくであった。

「せあっ！」

猛気を爆発させて孫兵衛の一刀が躍る。

「おうっ」

一声で塊のような殺気を霧散させ、三左の剣も月光を撥ねて始動する。煌《きら》めきは優美でさえあった。

袈裟の角度で恐ろしく伸びてくる孫兵衛の斬撃に臆することなく、さらに上からかぶせるように三左の孤剣が動く。

直後に焼け付くような痛みが腕に走ったが、構うことはなかった。奥歯を噛み締め、光の円弧を描ききる。

大気を割り裂いて二刀が天から地に走った。死生の境は、この一刹那《せつな》であった。

風のざわめきが、二人を見守るかのようにはたと止まった。

それぞれに残心の位を取ったまま動かなかった。まるで木像である。

やがて、まず人の身に戻ったのは三左であった。

左腕をだらりと下げ、右腕一本では大儀なのか刀身を肩に乗せる。

見れば、左の袖が二の腕の辺りで斬り裂かれていた。下げた手先からは、けっして少なくない血潮が地に滴《したた》る。

それでも――。

「おい。草助」

先に声を発したのも三左であった。いくぶん苦しげではあったが、しっかりとした声だ。

「は、はい」

呼ばれて草助が素足のまま庭に下りた。

「どうする」

「え、は？」

草助が戸惑いを見せるのと同時に、草にどさりとなにかの音がした。

孫兵衛の刀であった。

次いで、孫兵衛の両膝が力なく地に落ちた。息苦しそうな声も聞こえた。

ぎりぎりの勝負に勝ったのは、どうやら三左の方であった。

「えじゃねえし、はじゃねえよ。親父さんの仇《かたき》だろう。だから、ひと太刀でも報いたいなら、どうする」

三左は重ねて聞いた。

「ああ」

それで、ようやく三左のいわんとしていることを理解したようである。けれど草助は微笑みさえ浮かべて静かに首を振った。

「結構です。そんなことをしても父が帰ってくるわけでなし」

「……いいのか」

「はい」

草助は即答して己の手を上げた。

「腰に刀を提げていても、私達の手は土をいじり、草木とたわむれるための手です。その手を血で汚してなんとしましょう。横内様はその手に剣を握られたがために、きっと道を外れてしまわれたのだと思います」

できた、と次郎右衛門の満足げな声がした。

三左はおもむろに横内孫兵衛の正面に回った。

孫兵衛は月影よりもなお青白い顔で、三左を睨むようにして見上げた。袈裟に肩口から脇腹まで斬り裂かれた着物は、血に黒々と染まっていた。

が、手応えから少々浅かったとは三左にもわかっていた。だから草助にとどめを聞いたのだ。このままでは孫兵衛は、おそらく朝まで苦しんでから死ぬことになる。

「と、とどめを、か」

「ああ」

「ふっ。ぶ、武士の情け、とでも」

「そんなんじゃねえ」

勝ちは拾ったが浅いとは、己の未熟を示すものだ。相手が苦しむ長さは、剣を取る者にとって廉恥の長さである。

「れ、礼などいわん、ぞ」

「いらねえよ」

三左の一刀が月光を尾に引いて優美な弧を描く。

皮一枚残す見事な抱き首で、やがて孫兵衛は草に倒れた。

六

三左は懐紙で刀身を拭い、鞘に納めると、斬られた袖を割り裂いて傷口を縛った。

いつまでも去らぬ疼《うず》きが死生そのものの、ほんのわずかの差であったことを教える。

横内孫兵衛は恐ろしいほどの遣い手であった。

ひと息ついて濡れ縁に向かえば、次郎右衛門が手加減をした一人を縛り上げて立つところであった。

「おう。そっちはすんだかの」

いいながら次郎右衛門の目が三左の左腕に向けられた。

「なんじゃ、斬られたのか」

「なんでえ。見てもいないのかよ。こっちは命ぎりぎりだってえのに」

三左の溜め息に、ふんと鼻を鳴らして次郎右衛門は答えた。

「たいがいに負けるような、そんなやわな鍛え方はしておらんわい。おぬしが負けるなら、それはおぬしの腕が鈍《なま》ったということじゃ。勝手な負けじゃ」

褒められているのか責められているのか、迷うところだ。だから三左はそれについては答えなかった。話を変えた。

「で、そっちはどうなんだ」

「おう。今さっき口を割ったばかりじゃが」

次郎右衛門はさも面白そうに笑った。

「ちゃんと名が出てきたぞ。松倉の陪臣らしいが、すこぅし傷をえぐっただけで情けないものじゃ」

「そうか。出たかい」

「なら、さあて」

三左は男臭く笑った。

「行くか」

「ああ。善は急げってぇからな。酒」

振り向きながら嘉平を探そうとすると、

「はい。こちらでございますな」

濡れ縁にはいつの間にか、すでに五合徳利を手にした本人が立っていた。

「の一杯。――おう」

最後までいわせてもらえないのは癪《しゃく》に障るが、相変わらず小面《こづら》憎いほど気がまわる男だ。

「そっちは済んだのかい」

「はい。とっくに」

三左は仏頂面で受けた徳利から酒を含み、傷口を縛った端裂《はぎ》れと佩刀の柄に勢いよく噴き掛けた。

傷に噴き掛けたのは化膿止めだが、柄の分は景気付けだ。

一瞬倍加する傷の痛みに気があらためて引き締まる。

死闘は終わった。だが、孫兵衛の死ですべてが終わったわけではない。最後の大物がまだのうのうとしているのだ。

「よし。行ってくるぜ」

「はて。どちらへ」

「決まってんじゃねえか」

目指すは神田橋御門外、昌平橋近く。松倉小十郎の屋敷である。

三左は佩刀に手を置くと表に向かった。

「あっと。暗うございますからな。通りまででしょうが、お気をつけて」

まったく心のこもっていない、しかも奇妙な嘉平の言葉と慇懃な態度に送られ三左は庭を横切った。

闘志は身に横溢していた。義をなすなど偉そうなつもりはさらさらないが、懸命に今日を生きる者に仇なす輩には虫唾《むしず》が走るとは三左の気性であった。

(待ってろよ。泣くほど殴り倒してやる。いや、泣いて頼んだってやめねえぜ)

しかし——。

燃え盛る闘志にそれを上回る水を掛けられる事態が、手ぐすね引いてすぐそこに待っていたとは神のみぞ知ることである。

「な、なんだあ」

門扉脇の潜り戸から勢いよく走り出たものの、三左の疾駆はわずかの距離にしてそこが終着点であった。

「ほいほい。御苦労であった」

塗笠《ぬりがさ》に陣羽織の、置物のような狸が月明かりの中に立っていた。

どこからどう見ても狸ということは、普請奉行の保科日向守ということである。その背後にはうっそりと影のように従う、鉢金《はちがね》にたすき掛けの男らが七人いた。

「奉行所の大塚から聞いた。賊の一人くらいは残しておるんじゃろ」

「ん？　え？　ああ」

「よし。それっ」

日向守が声を掛けると、二人の男が無言で潜り戸に消えた。所作を見る限り、どちらもそうとうに鍛えがあるようだ。というか、立ち姿だけでも隙のなさから、残りの五人も推して知るべしであったろう。

が、それにしてもわからない。

「なんで、お奉行がそんな格好してんですか」

どう見ても出陣出馬の出で立ちであるが、日向守は普請奉行である。

「儂は、こういう泥臭いこともご老中から引き受けとるのでな。ふっふっふっ」

狸が胸を張って笑った。

「それで、こういう番方の連中も、ときには顎で使える、とな」

となれば、背後にうっそりと従う男達は書院番や大御番《おおごばん》なのだろう。道理で誰もが屈強のはずだ。本来の役目からいえば、将軍警固の者達である。

唖然とする三左の背後で足音がした。

「ご差配」

潜り戸から現れたのは先の男達であった。間に、さきほど次郎右衛門が縛り上げた生き残りを挟んでいた。

「そうか。なら二人で先に運んどけ」

軽く頷き、二人が刺客を押し立てるようにして去る。

見送りながら日向守が三左に身を寄せた。

「引き受けたとはいえ、こういう出で立ちすら滅多にできないし、せんぞ。だからな、早いうちに一度やってみたかった」

小声でさも楽しそうに告げ、日向守は残る一同に向き直った。

「ゆくぞ」

音もなく皆が動き出す。

「えっ。ちょっ。はあっ?」

「あとはな、こっちの仕事だわ。ああ、で三左衛門。渦中の下川草助にはな、明日にでも儂の屋敷に来るよう伝えておけ」

なにがどうなっているのやら。

三左はいきなり狐につままれたようで、いや、確実に狸につままれて呆然とするしかなかった。

滾《たぎ》る血潮、単身乗り込む覚悟の、梯子《はしご》はあっさり外されてしまったようである。降りるに降りられず、屋根上で月夜に吼える己を想像する。いかにも間抜けだ。

「へへっ」

笑いが込み上げた。というか、笑うしかなかった。

三左は頭を掻いて夜空を見上げた。

「いい月夜だぜえ」

上天に月が、皓々《こうこう》として輝いていた。

七

三日の後、三左は右門の意を受けて夕べに現れた政吉から、全容のあらましを聞いた。

横内孫兵衛はどうやら、幼馴染みにして下川武平の妻である美雪を好いていたようである。酒を過ごして酔い潰れたときなどによく、美雪殿と寝言につぶやいていたらしい。

加えて、孫兵衛は武平と同じ作事方庭作でありながら、主格三百俵と副格五十俵の差以上に、作庭に対する才をまったく持っていなかったという。

恋敵《こいがたき》でもある庭馬鹿の武平に怒鳴られ続ける毎日。怒鳴られながらも、その庭馬鹿の後始末にほうぼうで頭を下げるだけの日々。しかも、それを蔭で笑う者らもずいぶんとあったようだ。これでは心に蔭火《かげび》を燃やすなという方が無理であったかも知れない。

しかし普通なら、そうは思っても実際になにができるわけでもない。侍の、父祖代々の家禄であり役職なのだ。できるのはただひたすらの我慢、隠忍《いんにん》だけであったろう。それが今時の侍なのだ。

だが天の悪戯は作庭の才に代えて、密かに恐るべき剣の稟質《ひんしつ》をこの男に与えたらしい。若い時分から鬱憤《うっぷん》晴らしに通った町の道場で、孫兵衛がこの才に目覚めたとは政吉が聞き込んできた、孫兵衛の道場仲間であった男の言である。

——世が違うのだ。儂には、生きる世が。

とは、孫兵衛の口癖であったらしい。

それがこの一件の始まりだったかもと考えれば、松倉小十郎や遠州屋などいなくとも、いずれかの折りに起こるべくして起こった一件なのかも知れない。

「へっ。馬鹿だぜ、お前ぇはよ」

濡れ縁で盃を傾けつつ、政吉の話を聞き終えるなり三左は、そうぶっきらぼうに吐き捨てた。

「けどよ、ただの馬鹿じゃなく、大馬鹿野郎だ。——悲しい、大馬鹿野郎だよ」

穏やかにそういって、三左は月なき夜空に酒杯を掲げた。

その後、政吉は松倉小十郎のことについてもあれこれといっていたようだが、それは三左の耳に入らなかった。酔いが回り始めたせいもあったが、どうせ閉門《へいもん》、行く先は切腹と相場は決まっている。

聞かなくともいい話であった。

聞くのは孫兵衛の哀しみだけで十分だ。

裏にいてあれこれ画策するだけの、表に出て来ないような奴の顚末《てんまつ》など、三左にとってはどうでもよかった。

明けて六月七日の、内藤家の賭場である。

「なんだなあ、伝蔵」

三左はいつもの場所で背を壁に預けつぶやいた。

「なんですね、三左の旦那」

胴元の座からの伝蔵の答えも、もう耳に馴染んだものである。

「気のせいかな」

「……そうじゃねえでしょう」

「やっぱり、そうだよなあ」

見渡す賭場にはそれなりに人が入って次郎右衛門は満足げである。が、前回の、横内孫兵衛との死闘後の開帳にはまだちらほらと見られた、上下《かみしも》姿の場違いな旗本、供まで連れた豪商はもう皆無であった。

人の噂も七十五日。寄せるのも早いが引くのも早いということか。ようは老中が来る賭場と聞いて一斉に押し掛けた者達が、一度ないし、粘って二度来て見切ったということだろう。大身とおぼしき旗本や裕福そうな商人はいて、それなりに賑わってはいるが、この屋敷に来て最初の賭場と同程度といったところだ。おそらく半々ぐらいで、常連の貧乏旗本や御家人、長屋暮らしの職人らが目立つ。

「先月の話に戻るがよ。こりゃあ、嫌な予感がするなあ」

「ええ。しやすねえ」

「うちの爺さんの上機嫌もよ、保《も》ってあと三回くれえか」

「いえ、二回って見当が無難なんじゃねえでしょうか」

「なんだい。てえことは、今月いっぱいってことか」

「そんなとこでしょう」

三左は思いっきりの溜め息をついた。

「……夏の終わりぁ、早そうだな。きっと秋風が骨身に染みるぜ」

いいつつ自分で注いだ、まだ質を落とさず上等な賭場出しの茶をすする。

と――。

「そうでもあるまいよ」

いきなり、駒札を換えにきた身なりのよい武士の声が掛かった。見ずとも聞き慣れた声に、三左は思わず茶を己の足下に噴き出した。

きったねえなあと伝蔵はわめくが構わない。構ってなどいられない。

武士は素のままの、松平越中守定信であった。意表を突く二度目の訪れである。

「なっ、なっ」

驚きに三左がへどもどすれば、定信は口元にうっすらとした笑みを浮かべた。

「ふっふっ。こうまで気づかれぬとは寂しいものだが」

定信は両手に一杯の駒札を投げ出すように伝蔵の前に置いた。前回よりもさらに勝っている。

「げっ」

仏頂面の伝蔵が背後の銭箱番に駒札を回しはじめ、途中からは面倒臭ぇからお前ぇが持ってけと若い衆に投げ出した。

「ふふっ。ほれ、三左衛門。ことほど斯様《かよう》に、みな儂の役回りをこそ見るが、顔など誰も見んということだ」

駒札を数える伝蔵らをながめつつ愚痴めいた言葉を口にはするが、どうして定信は楽しげであった。

「へぇへぇ。お待ちどおさま」

渋々といった風情を隠しもしない伝蔵が勝ち金を差し出す。換えた駒札は二両二分であった。来れば勝ちとは、うらやましい限りの博才である。

「此度《こたび》は、御苦労であった」

定信は受け取った二両と二分をそれぞれの手に分け、また二分かと思ったらなんの躊躇《ためら》いもなく二両を三左に手渡した。

前回の言、撤回と三左は決めた。定信は案外太っ腹かもしれない。

「御苦労賃ではあるが、まあ、あっちの男がどうしようもなくなったら、少し回してもやってくれ」

と、肩口から背後を指し示す。

とは——。

「丁だ、丁。頼むから丁っ」

「お客さん。やかまし過ぎらあ」

ちょうど、中盆にたしなめられる男があった。

「やっぱりか」

三左は顔を手で覆った。

案の定、たしなめられているのは真っ赤な顔をした狸である。

「そうそう。下川草助であるが、元々の職を勧めたが、本人が固辞したぞ。植木だけにまみれて生きたいとな。で、せめて我が藩の屋敷をすべて頼むことにした。植伝にな。おそらく下川はいずれ、植伝の養子ということになろうが。三左衛門、そういう生き方もいいものだな」

それを潮に次郎右衛門に一礼し、飄然と定信は賭場をあとにした。

「ええ。どなたさんで」

定信の言葉どおり、伝蔵も覚えてはいないらしい。

三左は冷やかな目で伝蔵を見た。

「こないだ、会ってるだろうがよ」

「……？」

「ご老中だよ」

声もなく、前回同様、白目を剝いて伝蔵はひっくり返った。

「ああっと。親分っ」

近くにいた政吉が慌てて駆け寄り抱き起こす。

三左は素知らぬ顔で残りの茶を飲み干した。

降り出したようで、外に屋根を叩く雨の音がした。

「このひと雨で、今年の梅雨も終わりだろうぜ」

次第に激しさを増す雨音を梅雨の終わり、艶やかな紫陽花の終わりを告げる音として三左は聞いた。

小学館文庫
好評既刊

恩送り 泥濘の十手

麻宮 好

ISBN978-4-09-407328-7

おまきは岡っ引きの父利助《りすけ》を探していた。火付けの下手人を追ったまま、行方《ゆくえ》知れずになっていたのだ。手がかりは父が遺した、漆《うるし》が塗《ぬ》られた謎の容《い》れ物《もの》の蓋《ふた》だけだ。おまきは材木問屋の息子亀吉、目の見えない少年要《かなめ》の力を借りるが、もつれた糸は解《ほど》けない。そんなある日、大川に揚《あ》がった亡骸《なきがら》の袂《たもと》から漆塗りの容れ物が見つかったと同心の飯倉から報《しら》せが入る。が、なぜか蓋と身が取り違えられているという。父の遺した蓋と亡骸が遺した容れ物は一対だったと判るが……。父は生きているのか、亡骸との繋がりは？　虚を突く真相に落涙する、第一回警察小説新人賞受賞作！

小学館文庫
好評既刊

土下座奉行

伊藤尋也

ISBN978-4-09-407251-8

廻り方同心の小野寺重吾はただならぬものを見てしまった。北町奉行所で土下座をする牧野駿河守《するがのかみ》成綱《なりつな》の姿だ。相手は歳といい、格といい、奉行よりうんと下に見える、どこぞの用人。なのになぜ土下座なのか？　情けないことこの上ない。しかし重吾は奉行の姿に見惚《みと》れていた。まるで茶道の名人か、あるいは剣の達人のする謝罪ではないか、と……。小悪を剣で斬る同心、大悪を土下座で斬る奉行の二人組が、江戸城内の派閥争いがからむ難事件「かんのん盗事件」「竹五郎河童《かっぱ》事件」に挑む！　そしていま土下座の奥義が明かされる――能鷹隠爪《のうよういんそう》の剣戟《けんげき》捕物、ここに見参！

小学館文庫
好評既刊

八丁堀強妻物語

岡本さとる

ISBN978-4-09-407119-1

日本橋にある将軍家御用達の扇店〝善喜堂《ぜんきどう》〟の娘である千秋は、方々の大店から「是非うちの嫁に……」と声がかかるほどの人気者。ただ、どんな良縁が持ち込まれても、どこか物足りなさを感じ首を縦には振らなかった。そんなある日、千秋は常磐津の師匠の家に向かう道中で、八丁堀同心である芦川柳之助と出会い、その凜々しさに一目惚れをしてしまう。こうして心の底から恋うる相手にようやく出会えたのだったが、千秋には柳之助に絶対に言えない、ある秘密があり――。「取次屋栄三」「居酒屋お夏」の大人気作家が描く、涙あり笑いありの新たな夫婦捕物帳、開幕！

小学館文庫
好評既刊

うちの宿六が十手持ちですみません

神楽坂 淳

ISBN978-4-09-406873-3

江戸柳橋で一番人気の芸者の菊弥は、男まさりで気風《きっぷ》がよい。芸は売っても身は売らないを地でいっている。芸者仲間からの信頼も厚い菊弥だが、ただ一つ欠点が。実はダメ男好きなのだ。恋人で岡っ引きの北斗は、どこからどう見てもダメ男。しかも、自分はデキる男と思い込んでいる。なのに恋心が吹っ切れない。その北斗が「菊弥馴染みの大店が盗賊に狙われている」と知らせに来た。が、事件を解決しているのか、引っかき回しているのか分からない北斗を見て、菊弥はひとり呟くのだった。「世間のみなさま、すみません」――気鋭の人気作家が描く、捕物帖第１弾！

小学館文庫
好評既刊

死ぬがよく候〈一〉 月

坂岡 真

ISBN978-4-09-406644-9

さる由縁《ゆえん》で旅に出た伊坂八郎兵衛は、京の都で命尽きかけていた。「南町の虎」と恐れられた元隠密廻り同心も、さすがに空腹と風雪には耐え切れず、ついに破《や》れ寺《でら》を頼り、草鞋《わらじ》を脱いだ。冷えた粗菜にありついたまではよかったが、胡散臭《うさんくさ》い住職に恩を着せられ、盗まれた本尊を奪い返さねばならぬ羽目に。自棄《やけ》になって島原の廓《くるわ》に繰り出すと、なんと江戸で別れた許嫁《いいなずけ》と瓜二つの、葛葉《くずのは》なる端女郎《はしじょろう》が。一夜の情を交わした翌朝、盗人どもを両断すべく、一条戻橋《いちじょうもどりばし》へ向かった八郎兵衛を待ち受けていたのは……。立身《たつみ》流の秘剣・豪撃《こわうち》が悪党を乱れ斬る、剣豪放浪記第１弾！

小学館文庫
好評既刊

春風同心十手日記〈一〉

佐々木裕一

ISBN978-4-09-406843-6

定町廻り同心の夏木慎吾が殺しのあったという深川の長屋に出張ってみると、包丁で心臓を刺されたままの竹三が土間で冷たくなっていた。近くに女物の匂い袋が落ちていたところを見ると、一月前に家を出ていった女房おくにの仕業らしい。竹三は酒癖が悪く、毎晩飲んでは、暴力をふるっていたらしいのだ。岡っ引きの五六蔵《ごろぞう》や女医の華山らに助けを借りて探索をはじめた慎吾だったが、すぐに手詰まってしまい……。頭を抱えて帰宅した慎吾の前に、なんと北町奉行の榊原忠之が現れた⁉　しかも、娘の静香まで連れているのは、一体なぜ？　王道の捕物帳、シリーズ第１弾！

小学館文庫
好評既刊

絡《から》繰《く》り心中〈新装版〉

永井紗耶子

ISBN978-4-09-407315-7

旗本の息子だが、ゆえあって町に暮らし、歌舞伎森田座の笛方見習いをしている遠山金四郎は、早朝の吉原田んぼで花魁《おいらん》の骸《むくろ》を見つけた。昨夜、狂歌師大田南畝《なんぽ》のお供で遊んだ折、隣にいた雛菊《ひなぎく》だ。胸にわだかまりを抱いたまま、小屋に戻った金四郎だったが、南畝のごり押しで、花魁殺しの下手人探しをする羽目に。雛菊に妙な縁のある浮世絵師歌川国貞とともに真相を探り始めると、雛菊は座敷に上がるたび、男へ心中を持ちかけていたと知れる。心中を望む事情を解いたまではいいものの、重荷を背負った金四郎は懊悩《おうのう》し……。直木賞作家の珠玉にして、衝撃のデビュー作。

本書のプロフィール

本書は、二〇一二年六月に双葉文庫より刊行された『引越し侍　内藤三左　新居の秘剣』（七海壮太郎名義）を改題し、改稿のうえ、再文庫化したものです。

小学館文庫

引越《ひっこ》し侍《ざむらい》
新居《しんきょ》の秘剣《ひけん》

著者　鈴峯紅也《すずみねこうや》

二〇二四年六月十一日　初版第一刷発行

発行人　庄野　樹
発行所　株式会社　小学館
〒一〇一－八〇〇一
東京都千代田区一ツ橋二－三－一
電話　編集〇三－三二三〇－五九五九
販売〇三－五二八一－三五五五
印刷所――――中央精版印刷株式会社

この文庫の詳しい内容はインターネットで24時間ご覧になれます。
小学館公式ホームページ　https://www.shogakukan.co.jp

ISBN978-4-09-407356-0